诺贝尔文学奖获奖者散文丛书

金眼睛的玛塞尔

Marcelle of the Golden Eyes

〔法国〕阿纳托尔·法朗士

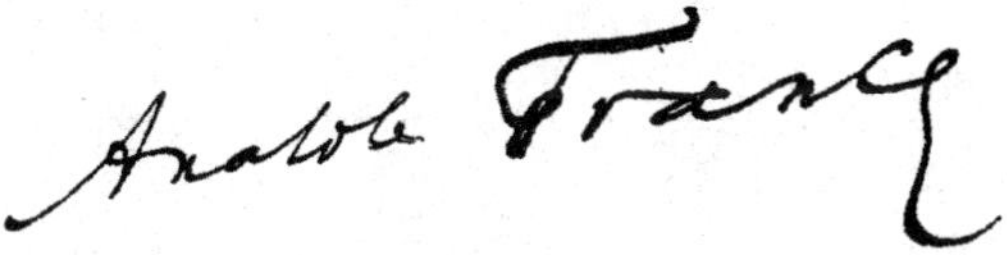

丁晓花　译

江苏凤凰文艺出版社
JIANGSU PHOENIX LITERATURE AND ART PUBLISHING, LTD

图书在版编目（CIP）数据

金眼睛的玛塞尔 /（法）法朗士著；丁晓花译. —南京：江苏凤凰文艺出版社，2017.4（2022.8 重印）
（诺贝尔文学奖获奖者散文丛书）
ISBN 978-7-5399-9936-4

Ⅰ. ①金… Ⅱ. ①法… ②丁… Ⅲ. ①散文集－法国－现代 Ⅳ. ①I565.65

中国版本图书馆 CIP 数据核字(2017)第 059126 号

书　　名	金眼睛的玛塞尔
著　　者	（法国）法朗士
译　　者	丁晓花
责任编辑	孙金荣
出版发行	凤凰出版传媒股份有限公司 江苏凤凰文艺出版社
出版社地址	南京市中央路 165 号，邮编：210009
出版社网址	http://www.jswenyi.com
经　　销	凤凰出版传媒股份有限公司
印　　刷	三河市燕春印务有限公司
开　　本	880×1230 毫米 1/32
印　　张	8.75
字　　数	140 千字
版　　次	2017 年 4 月第 1 版　　2022 年 8 月第 2 次印刷
标准书号	ISBN 978-7-5399-9936-4
定　　价	59.00 元

勒波老人 / 056
诺齐埃尔奶奶 / 062
牙齿 / 082
与诗初相见 / 088
条顿国王 / 098
阿比·朱巴尔的威望 / 104
丰塔内的帽子 / 111
德西乌斯·慕斯最后之言 / 116
人文学科 / 124
香桃木林 / 134
阴影 / 144
雄鸡 / 150
星星 / 159
吉尼奥尔木偶 / 166
安德烈 / 172
皮埃尔 / 179
杰西 / 185

目录

第一辑　吾友之书

走到人生的一半旅程 / 003
怪兽 / 007
白衣女士 / 011
我将赠你这支玫瑰 / 021
塔楼里的王子 / 023
一串葡萄 / 028
金眼睛的玛塞尔 / 035
黎明絮语 / 046
巴黎植物园的隐居计划 / 048

致 D 夫人 / 191
劳拉、雷蒙德和奥克塔夫关于童话的对话 / 199

第二辑　孩童的乡村生活

方寻 / 225
神奇的盛装舞会 / 233
学校 / 236
玛丽 / 239
排箫 / 241
罗杰的种马 / 243
勇气 / 245
凯瑟琳的“招待日” / 247
小海豹 / 250
越来越好 / 252
穿越草场 / 254
行军 / 261
枯树叶 / 263

苏珊 / 265
垂钓 / 267
伟大的代价 / 269
一个孩子的宴会 / 271

▼第一辑　吾友之书

ONE

走到人生的一半旅程

“走到人生的一半旅程”。今夜但丁《神曲》的这句开篇之词不下几百次地萦绕在我的脑海里，可也正是今夜它才真正地打动了我。

现在，我带着浓厚的兴趣，回味着这句诗，觉得它透出一股庄严的美，整个句子散发出隽永的意味。这是我第一次将这句话的意义与自己的生活联系在一起。如今我也跟但丁一样，走到了人生之旅的中途。而在他所处的那个时代，古老的太阳才冉冉升起，十四世纪逐渐拉开了帷幕。如果生命的这段旅程对所有人来说都是一样的，并且对所有人而言，这条路最终都是通向衰老和死亡的话，那么如今我正走到了人生之旅的中途。

哎！二十年前，我就知道人生会走到这个阶段。是的，我知道，但却没有及早意识到这一点。在我人生的前半段时间里，我对人生道路的思考非常少，那时我觉得人生之路就好比去芝加哥的路那样简单，简单得不需要思考。可如今我登上了山顶，再回望来时的路，我的视线扫过自己曾经步履匆匆地走过的那些旅程，脑海中不禁回想起佛罗伦萨诗人的这句诗句。于是，我坐在火炉边陷入了对过往的回忆，悠然度过了今夜的时间。啊！死亡是如此的微不足道！

甜蜜的氛围容易激起一个人对过往的回忆，而夜的漆黑与寂静更会加深这种回忆。夜晚的宁静平息了人们对鬼魂的恐惧。那些鬼魂天生胆小害羞，他们等待着黑暗和孤独的来临，然后飘然来到他们喜欢的人的耳边，轻轻道出他们的秘密。

窗扉紧扣，交叠在一起的门帘下垂到地板上，仅有的那一扇门半开半掩着。我的双眼本能地看向那里。从门里透出一道乳白色的微光，似能听到丝丝轻柔又平静的呼吸。就连我都无法分辨出那呼吸，到底是母亲发出的还是孩子发出的。

睡吧，我亲爱的人们！睡吧！

炉火渐渐熄灭，我仍然坐在那里思索着。这栋房子的卧室里闪烁着跳动的灯光，从那儿也传来阵阵轻柔纯净的呼吸声。可是于我而言，这栋房子只是我已走了一半的人生旅途中的一家旅店而已。

睡吧！亲爱的人们！明天我们又将重新在路上。

明天！这是一个多么美妙的词语！它能够激起我内心对所有美好奇幻事物的梦想。当我的双唇发出这个词语时，我似乎看到了一些陌生又可爱的画面，这些画面在轻柔地叙说着："来吧！"天哪，生命未来的这段时光是如此甜蜜！我对生活充满了信心，那是像爱人一般美好的信念。虽然生活毫无同情心，但我从未觉得她会对我严厉苛求。

我并不非难生命，因为生命从未让我经受过她给其他人所经历的那些伤痛。偶有时刻，飘忽不定的她甚至会让我感受到轻轻的拥抱。为了回报从我这里拿走的东西，生命给予了我宝藏，较之这些宝藏，我所渴望的一切不过是灰烬罢了。抛开这一切不管，我偶尔会失去希望。现在的我在听到"明天"这个词语的时候，油然而生一种悲伤和不安的情绪。

不！我已不信任我的老朋友了，但我仍然爱她。在我看见她的光亮照在这三个我爱的人洁白的额头上时，我总说生命是美丽的，我总会祝福生命。

有时候我对一切事物都感到恐惧，有时候最单纯的失去也会让我觉得神秘战栗。

所以，这一刻我认为回忆是一种不可思议的东西，它让过去重现在人们眼前。这种能力与预见未来的能力一样让人感到惊讶，同时又比预见未来的能力更美好。

回忆是一件幸福的事情。在静穆的夜里，将柴草添到炉子中，炉子里的火热烘烘地燃烧起来，温暖了周围的人们。

睡吧，亲爱的人们！睡吧！

仅以我幼时的回忆来纪念你们三个人。

怪 兽

那些断言自己对童年完全没有任何记忆的人总是让我感到很吃惊，因为我至今对自己孩童时的点点滴滴都记忆犹新。这些记忆只是一些零散的图片，但因了某种特殊的原因，它们从那些模糊神秘的记忆中凸显而出，变得清晰起来。虽然我还很年轻，没有步入老年生活，但那些我挚爱的记忆却从无限遥远的过去向我扑面而来。如今，世界因为先前的文明而熠熠生辉。黎明的光辉照耀着整个世界。如果我是原始人的话，我应该把这个世界看成是跟我一样年轻的存在，尽管你也许认为这个世界已经很古老了。很可惜我不是一个原始人，所以这个世界并不年轻。我阅读过的许多书籍中都写到了地球的古迹，还有物种的起源。很悲哀的是，只有我将个人如蜉蝣般短暂的一生跟物种的漫长历史相比较，因此，我才能知道很久之前的自己习惯于睡在自己的儿童摇床上。那个荒废的屋子里的房间全都变得空空荡荡的，为了给新建筑腾出地方，它被拆掉了。我的父亲就居住在这里。我的父亲是一名谦逊的医生，热衷于收集关于自然的一切古老的东西。谁说孩子没有记忆？我还能记住那间带有绿色枝状墙纸以及彩色印花的房间。直到后来我才发现，那些墙纸描绘的其实是黑水边的保罗抱着圣母的场景。在这间房间里，我开始了最不同寻常的冒险。

前面提到过我有一个婴儿摇床，白天的时候它会放在角落里，夜晚降临，妈妈就会把它搬到房间中央，那样就更靠近她的床。妈妈床上巨大的帘子让我有种敬畏感。把我抱上床可不是那么简单的事儿。每次上床前，我都会撒娇、掉眼泪、要亲亲，这些形式都得走一遍。其实这些还不是全部的内容。当我脱得只剩下衬衫的时候，我会像个小兔子那样到处乱窜，直到最后妈妈在家具的下面抓到我，把我丢到床上去。那时候真的很开心！

可是当我一躺到床上，那些我家人都不认识的陌生人就开始进来看我了。

那些人的鼻子长得像天竺葵，小肚子凸在外面，一双腿像雄鸡的腿。他们一个接一个地走进来，我只能看到他们的一些轮廓。他们每个人的脸颊中间都有一个瞪得圆圆的眼睛，手中拿着扫帚、叉子、吉他、注射器，还有一些别的我不知道名字的器具。这些丑死了的人根本没必要出现在我的回忆里，可是为了他们，至少我还是要记录一下的。他们沿着墙角打扫，竟然一点声音都没有发出来。他们之中连最小的那个人以及最后面背着两个凸起的风箱的人，都朝我的床边走来。显然，某种力量把他们通过某种虚幻的东西带到了我家的墙边。这种认知给了我一点信心，但是却让我再也无法入睡。你可以想象在这些人的陪伴下，一个人是乐意闭上眼睛的，可是我却瞪大了双眼。然后，又出现了另外一件怪事儿！我突然发现整间屋子撒满了阳光。只有妈妈穿着她粉色的家居服，其余的一个人都没有。以我这一生的知识也无法想象为何夜晚突然变成了白天，而那些怪异的人们也突然消失不见了。

“你睡着的时候真像个天使！”妈妈会笑着对我说这句话。也许我真是一个睡眠不错的孩子。

昨天，在码头散步的时候，我恰巧在一个画店里看到一本关于这种怪诞图案的书，来自洛林[①]的雅克·卡洛[②]，他用坚固精

---

① 洛林：法国东北部的一个地区。

② 雅克·卡洛（1592—1635）：法国铜版画家。一生创作了大量版画，细致地刻画了宫廷生活、军事战役和都市生活的场景。

致的编织针精心制作出了这些作品。这些怪诞的作品是现在流行的东西。当我还是个孩子的时候，我的邻居米尼奥在整面墙上全都贴上了这种东西。忘了说，米尼奥是个版画商。每天出去散步以及回来的时候，我总是会盯着那面墙看。我的眼睛里全是这些妖怪的形状，所以晚上躺在床上后我还是能看到它们。天啦，雅克·卡洛你真是创造了奇迹！

这本小小的笔记簿让我流连忘返，它将那个早已从我记忆中褪了色的世界再次清晰地呈现在我面前，好似在我灵魂中漂浮着一种芬芳的尘埃，那些模糊的身影从这些尘埃之中穿梭而过，那些我爱的人！

白衣女士

在我说话的时候，有两位女士跟我同处于一个屋檐之下：一位女士全身穿着黑衣服，另一位女士全身穿着白衣服。

别问我她们是否年轻，这我可说不上来。不过有一点我可以确定，那就是她们全身上下都散发出一股优雅的气质——极致的优雅。我的母亲整日里都很忙，她从不关心左邻右舍的事情，也很少去看望她们。可是我却不一样，我总去邻居家串门，尤其喜欢在吃午饭的时间去。那个穿黑衣服的女士总会给我一些糕点，我也总会一个人去她家。我得穿过庭院才能到她家。当我在外面站了太久、痴痴地看着马车夫装饰马的时候，母亲就会从窗子里看看我，一边轻拍着窗玻璃。

要爬上有铁栏杆的那个梯子不是一件容易的事情，我的小腿很难爬上那些陡峭的台阶。当历尽千辛万苦来到邻居女士家的时候，等待我的是无数可以让我感到欣喜如狂的东西。在这之中，最让我青睐的就是壁炉架上与钟相对着的那两个瓷质的怪人，任何东西都比不过它们。它们的样子就像是要摇着头把舌头伸出来似的。自从我知道它们来自中国之后，我就下定决心，有朝一日一定要去一趟中国。现在的问题是，我要说服我的护士带我去。在我的认知里，中国就在凯旋门的后面，但是我从没试着要去那么远的地方。

那两个女士的家里还有一方印有花朵图案的地毯，我常常会在上面兴奋地打着滚儿。她们那儿还有一个柔软无比的小沙发，一坐进去就会陷到里面。这就成了我的玩具，它一会儿变成一只船，一会儿变成一匹马，一会儿又变成一辆马车。黑衣女士有点矮，她从来不会责怪我，而白衣女士正好相反，为人凶狠又没有耐心，可是她的笑容却很美。我们三个人在一起的画面很美好，以至于我深深地觉得，只有我可以去那个摆放着中国雕塑的屋子。我告诉了白衣女士我的想法，我相信她没有嘲笑我。我坚持自己的想法，于是她答应了我。

她承诺过我的。然而，有一天我却发现有一位绅士坐在我的沙发上，他的脚踩着我的地毯，他正在跟我的女士们谈笑风生。不！他递给她们一封信，当她们读完之后又还给了那个男士。看到这些，我一下子火了起来。我要了一些果汁，一方面因为我渴了，另一方面是为了吸引她们的注意力。还好效果达到了，那位绅士转过身来看着我。

“这是我们的小邻居。”黑衣女士说。

“独生子吗？”男士问道。

“是独生子。”白衣女士回答道，“你怎么看出来的？”

“看他被宠坏了的样子，”男士回答说，“他往前探着身体想追根究底，就在刚才还瞪大眼睛打量着我。”

我就是那样做的！那样我才能把他看清楚。我可不想夸我自己，但我确实从他们的对话中明白了一些事情：白衣女士有一个丈夫，在另外一个国家或者很远的国家。这位来访的男士带来了一封白衣女士丈夫的信。信的内容讲述的是白衣女士的丈夫被选为秘书长的事情。整件事情都让我不开心，当我离开的时候，作为对她的惩罚，我拒绝亲白衣女士。

那天吃晚饭的时候，我问父亲什么是秘书处。父亲没回答我的问题，但是母亲告诉我秘书处是一个小的文件家具，用来保存文件的。这一定是靠想象出来的！饭后，父母把我抱上床，那些眼睛在脸颊中央的怪人们又出来在我床边移动，做出比之前更可怕的鬼脸。

如果你认为第二天我还记着那位跟白衣女士一起的绅士的话，那你就错了。我已经欣然把他给抛到脑后了，如果他愿意的话，他会永远从我的记忆中消失。然而事实从来不尽人意，他还是厚颜无耻地再次出现了。

我记不清那是十天还是十年之后的事情了，我觉得是十天之后。他的再次到访并占据了我的地盘，这事儿让我很震惊。我仔仔细细地把他打量了个遍，最后确定他就是个讨厌的家伙。他的头发靓丽有光泽，黑色的络腮胡子，干净的面颊上有两个酒窝，身材瘦削，衣着精良，而且整个人都散发出一种自信的气质。他闲聊着外交部的一些事情，诸如剧院发生了什么事儿，最新的时尚，最流行的书籍，还有那些晚上的聚会和舞会，还说在那儿他对找到情投意合的女士完全不抱希望。我的女士们只是听他侃侃而谈！这就是他们所说的聊天！为什么他不像黑衣女士平时跟我聊天那样，讲一些国家，讲那里的山脉是焦糖做成的，讲那里的河流流淌着的是柠檬汽水？

在他走后，黑衣女士称赞他是一位很有魅力的年轻男士，而我却评价他又老又丑。白衣女士听了我的评论后大笑起来，可是我觉得一点都不好笑。但事实就是如此！我讲的任何话她从来都不笑，或者她根本就不关心我说什么。白衣女士这两点总是会让我感到绝望。她宁愿不断地哭泣。我母亲曾跟我说过成年人从不哭泣。啊！原来母亲从未见到我所见之事。母亲从未看到白衣女士躺在摇椅上，腿上放着一封信的样子。她的头微微后仰，手帕遮住了眼睛。那封信让她悲伤不已（现在我敢打赌那是封匿名信）。真可惜，曾经的笑容如今却不存在了。这位绅士的两次拜访让我大脑中冒出一个想法——去问白衣女士愿不愿意嫁给我。白衣女士说她有一个丈夫现在在中国，但是，她喜欢玛莱柯这里的这个小丈夫。于是，我们达成了协议，她给了我一个蛋糕吃。

自那之后，那位长着黑色胡子的绅士就经常来访。一天，白衣女士告诉我，她有一些从中国带来的蓝色的鱼要给我——用一条绳子串联着的。我们互相看着对方，我确定我们之间的爱还存在。那时，绅士刚好到了屋子里。白衣女士告诉那个男人，她的舅妈（黑衣女士）去跟两个“中国人”做生意去了。但是，我看到“中国人”它们还在烟囱架那儿，我不知道这世上做生意带着那两个瓷人干吗。可是，生活中每天突然发生的事情不都是难以理解的嘛。黑衣女士不在的时候，有一天，这位绅士又来了，却是一脸悲伤的神情。他对白衣女士说要跟她谈点重要的事情。白衣女士坐在沙发上，摆出一副优雅的聆听姿势。但是，绅士仍然盯着我看，露出一脸不自在的表情。

“他是个很好的小家伙，”他最终开口道，“但是……”

“他是我的小丈夫。”白衣女士说。

“好吧，”绅士回答道，“难道你不能把他送到他母亲那儿吗？我要跟你说的这件事情只能你一个人知道。”

最终，白衣女士妥协了。

“亲爱的，去餐厅玩一会儿，我喊你的时候再回来。亲爱的，去那儿玩吧。”白衣女士对我说。

听到这些话，我带着一颗沉重的心往餐厅走去。餐厅是个十分好玩儿的地方，这里有一个钟，上面装饰着图画，那幅图画里有一座位于海边的山脉和一座教堂，头顶上是蔚蓝色的天空。当时钟敲响整点的钟声时，后面的引擎会打开一个通道，从里面出来一只飞船。可是当一个人心情悲伤的时候，对其他任何事情都提不起精神。而且，那幅画也毫无生气，一动不动的。而且每隔一个小时，那艘船才会出现一次。对于那时候的我而言，一个小时的时间漫长得好似一生。幸运的是，不一会儿厨师来到餐厅，到餐具柜里拿东西。他给了我一些糖果，抚平了我的忧伤。可是，当糖果吃完的时候，忧伤再次席卷而来。虽然，图画钟还没有敲响整点的钟声，可是于我而言却似度过了一个又一个小时孤独的时光。然后，我听到隔壁房间的那位男士提高了嗓音说话。他在请求白衣女士，然后，他似乎突然生气了。目前来看一切还算平稳，但他们什么时候才能谈完？无聊的我一会儿把鼻子压到窗玻璃上，一会儿又去拔椅子上的马鬃装饰，一会儿又把墙纸的洞抠得越来越大，一会儿又把窗帘的流苏拽出来，天知道我还有什么事儿没干过。最终，我再也无法待在那儿了，于是，我悄无声息地偷偷走到那扇通向另一间房间的门，伸出手够门把手。我知道自己现在的行为很粗鲁很调皮，但是这样做才能让我感到自己有那么一点点重要。

我打开房门，看到白衣女士站在壁炉架旁，那位绅士跪在女士脚边，他的手臂向前伸着，好像要抓住她似的。此刻，他的脸色比雄火鸡还要红，他的眼睛几乎要从脸上掉出来了。这种状态真奇怪！

“够了，先生！”白衣女士的脸色比平常差，整个人显得很不安，她叫道，“你说你爱我，快停下来，别让我感到后悔……”

她看上去似乎很害怕那位男士，以至于要用尽全身的力气。

那位绅士看到我时，很迅速地站起身。那一刻，我相信有一瞬间他有想把我扔出窗外的冲动。但是，我所等待的责怪并没有降临，白衣女士伸出双手拥抱了我，并喊我亲爱的。

她把我抱到沙发上，然后抵着我的脸颊哭了好久好久。那一刻只有我们俩。为了安慰她，我说那位绅士真是个淘气包。如果她跟我像往常一样生活的话，她就不必为任何事而哭泣。而且，我发现成年人有时候会做一些十分怪异的事情。

当黑衣女士拿着一些小包裹出现的时候，我们还未从刚才的悲伤中恢复过来。

她问我们是否有人来过家里。

“阿诺德先生来过，”白衣女士镇定地回答说，“不过他只待了一分钟。”

我知道那是彻头彻尾的谎话。可是白衣女士真是个天才，不愧是跟我相处了一些时日，我不忍揭穿她的话。

自那之后我再也未见过阿诺德先生，我喜欢的那个地方以及白衣女士再也没有受到过打扰。这无疑也让我成了她们回忆的一部分。就在昨天，三十多年过去了，我依然不知道白衣女士生活得怎么样了。

昨天晚上，我去参加外交部部长举办的舞会。“如果这世上没有欢乐的话，那生命得多煎熬啊！”帕默斯顿勋爵说。对于这个观点，我很赞同。幼年时每日辛勤地去白衣女士家并未花费我过多的力量或才智，而且还培养了我自己的兴趣，可是我还是没法招架正式的招待会。我知道参加这些舞会让我觉得很无聊，对我也没有什么好处。道理我都懂，可是我却依然去参加。人性就是一方面会思考明智的事情，一方面却去做可笑的事情。

我刚要去沙龙，就有人开始介绍大使和大使夫人出场。那位大使我之前经常见到他，因为整日忙于外交事务，精致的脸庞流露出疲惫的神情。据说年轻的时候，他十分放荡不羁，俱乐部里至今还流传着他的很多绯闻。三十年前，他被派到了中国，他在中国的事业也是人们的谈资，人们乐意在茶余饭后谈论关于他的各种故事。我还未来得及介绍他的妻子。他的妻子大约年过五十，穿着一身黑色的衣服，风韵犹存，人们不禁赞美她。我很高兴认识她，因为我最重视跟成熟女人的交流。一个年轻女孩在音乐声中哭泣的时候，我们谈了上百个话题。最后，不经意间，她说她曾经在玛莱柯的一间老屋子里生活过。

“你是那个白衣女士！”我惊讶道。

“当然，我一直很喜欢穿白衣服。”她回答说。

“我……夫人……我是你的小丈夫啊！”

“天啦！你是令人尊敬的诺齐埃尔医生家的那个孩子？以前你很喜欢吃蛋糕，现在还喜欢吗？有时间来我们家再吃点蛋糕。每个周六我们都会举办小型的私人聚会。天啦，这个世界真小！”

“黑衣女士怎么样了？”

“现在我才是黑衣女士。我那可怜的姑姑在战争年代不幸过世了。直到最后，她还一直念叨着你。”

当我们聊天的时候，一位胡须花白的绅士走到了我们这边，对着大使夫人鞠了一躬。看到他的下巴，我觉得很熟悉。

“阿诺德先生，”白衣女士介绍说，“我们的老朋友。”

我将赠你这支玫瑰

我们曾经住在一所满是怪异事物的大房子里。墙上装饰着野蛮勇士的胳膊图案，那些胳膊上还画着头骨和头皮。屋子里有些玻璃盒子，里面装着一些鸟、鸟巢、珊瑚以及一些面目狰狞的小骷髅。过去我一直不知道为什么父亲喜欢这些可怕的东西，直到如今我才终于明了——他只是热衷于收集这些东西的过程。出于人类最大的进步和无私，他的目标就是将柜子里塞满所有的创作。为了科学，他愿意一往直前。这就是他的话，也是他的信仰。然而，事实却是他患有收藏癖。

我们住的整个地方都塞满了自然古迹，唯一没有堆满动物学、民俗或畸形学东西的房间就剩那间小小的画室了。那间房间里没有蛇皮，没有乌龟壳，没有骨头，没有箭头，没有战斧，只有满屋子的玫瑰，整面墙上都点缀着玫瑰。那些玫瑰开出的花蕾，都是一副小巧的样子，无一例外，所有的玫瑰都娇美可爱。

我的母亲对比较动物学和头骨学情有独钟，她常常会在这间屋子里度过自己的时光。那时她坐在工作台前工作，我就坐在她脚边的地上跟一只羊玩耍。那只羊本来有四只脚，后来变成了三只脚，但这也不足以被收入父亲的那些畸形学的收藏品之列。我还有一只胳膊可以移动，还可以闻到散发味道的玩偶。在童年时，我一定是被上苍赋予了丰富的想象力，所以才会拉着这只羊和玩偶一起上演了许多剧。我总喜欢把一些有趣的事情跟母亲联系在一起，完全没有任何目的。可是，我们可以看出来，大人们从来就没有真正理解孩子所讲的故事。我的母亲在听我讲那些故事的时候，总是心不在焉的。她从来都不认真听我说话，这是她最大的缺点。可她总有一套对付我的方法——用那双大眼睛看着我，并喊我“小面条”，这个方法屡屡奏效。

一天，就在这间小画室，母亲放下手头的工作，把我抱到她怀里，然后指着墙上的一朵玫瑰花说道：“我将赠你一支玫瑰。”于是她用自己的短剑在墙上刻了一个十字架。

再也没有比这更让我开心的礼物了。

塔楼里的王子

“我的小家伙看上去像个土匪，头发竖在头上。瓦朗士先生，帮他理个这个年龄段的小朋友该有的发型。”

我的母亲对瓦朗士先生说了上面的这段话。瓦朗士先生是我们这里颇有资历的一位理发师，他有点跛腿，却精神矍铄。看他一眼，就让我想起热卷发钳令人感到害怕的味道。我以前总是躲避着他，不是因为他的手上总是沾着油腻腻的润发油，而是他每次给我理发的时候，总是会把碎头发弄到我的后背上。当他在我脖子周围围上毛巾的时候，我就开始大吼大叫地抗议起来，每次他总会说：“你肯定不想像个野人一样到处走吧，就像是刚从美杜莎船的残骸上下来的人一样。”

一有机会，瓦朗士先生就会用他那独特的南方口音给我讲美杜莎船失事事件。在经历了最可怕的艰难困苦之后，他才被救活过来。那艘竹筏是他的救命稻草。他们被逼着吃人肉。每每他总是以一种轻松的口吻讲述着这些事，他知道怎样看到事物光明的一面。这个快乐的男人就是瓦朗士先生。

那天，他花了很长时间来给我理发，那个发型如此怪异，当我看着镜子里的自己时，着实震惊了一下。所有的头发全都柔顺地贴在头上，前额的头发快到眉毛了，像长毛垂耳狗的耳朵那样搭在我脸颊上。

我的母亲看了我的新发型，觉得很喜欢。瓦朗士的手艺很好。当穿着黑色天鹅绒裤子的我整理妥当的时候，母亲说现在要做的就是把我跟塔楼里的哥哥关在一起。“啊！如果他们有胆量的话！”母亲在抱起我的时候又故作勇敢地补充了一句。

她抱着我，紧紧地抱着我，往马车走去。我们要去打个电话。

我粘着母亲，问她我哥哥的事情，还有那个让我感到害怕的塔楼。

然后，我那位天生充满耐心的母亲，以婴儿的口吻给我讲了爱德华国王两个孩子的故事。那两个美丽的好孩子被迫与母亲分离，被他们邪恶的舅舅理查德关到伦敦的一个主塔的地牢里。接着母亲又讲道，似乎是从某些时下流行的画作里受到启发，王子们的小狗对着他们狂吠，提醒了他们谋杀者的企图。

最后，母亲总结说，这是一个古老的故事，但是却美丽动人。时至今日，人们还是会将它画成作品，或者编成剧本在舞台上演出。当母亲第一次在剧院看到这部剧的时候，她和所有的观众一样潸然泪下。

我说过如果有人能让母亲如此流泪的话，那一定是个讨厌的人。

母亲的回答恰恰相反，她说，这样的剧只有高贵的、天赋异禀的人才能写出来，可是我那时还无法理解，因为我不懂得眼泪的珍贵。

马车载着我们到了圣路易斯岛，在一栋我从未来过的白色房子前停了下来。我们踏着那些石头台阶往上走，脚下那些饱经风霜的台阶传来阵阵凉意。在楼梯的第一个过度平台上，一只小狗开始狂吠不止。“是这只小狗吗？王子们的那只小狗？”我问道，浑身被一种无法控制的恐惧所占据。显然，这是通往塔楼的台阶。现在，我的头发剃得像个帽子，穿的黑色的天鹅绒裤子也像某个王子的裤子那样。他们肯定会要了我的命！我不能往前走了，于是我停下来，一边紧紧抓着母亲的连衣裙衣角，一边大声尖叫出来：“带我走！带我走！我不要去塔楼！”

“安静点，小傻瓜……那边，别害怕。这个小子真的太紧张了……皮尔，皮尔，我亲爱的小孩，放轻松。”

可是我却因为害怕而变得浑身僵硬，紧紧地抱着母亲，不愿放松下来。我大喊大叫，哽咽着盯着那片阴影，恐惧从里面出来各种神秘的人物。

就在我的哭声中，台阶那边的一扇门打开了。除了土耳其式的帽子和衣服之外，我认出那是我的朋友罗宾，过去他总用帽子盛着水果酥饼带给我。是的，那是我的朋友罗宾。可是我却怎么也想不明白，他怎么会在塔楼里。那时的我不知道那座我害怕的“塔楼”其实是一栋房子，只是那栋房子有些古老，这位年迈的绅士住在里面再寻常不过了。

他张开双臂拥抱我，左手拿着鼻烟盒，右手的拇指和食指捏着一撮鼻烟。就是罗宾！

“亲爱的女士，进来吧！”他说，“我妻子很随和，她见到你们肯定很高兴。可是我觉得皮尔这个小子可能不怎么习惯。他被我们的小狗吓到了吗？菲尼特，到这边来。”

我再次确定他就是罗宾，于是我开口说道：“罗宾先生，你住的这个塔楼真丑！”

母亲掐了掐我的胳膊，我知道她是要阻止我向罗宾先生要蛋糕吃。可是这就是我想干的事情。

在罗宾先生和罗宾太太黄色温馨的客厅里，我发现了菲尼特的才智。我跟它一起玩耍，到现在我还是坚信它就是那个给王子们报信的小狗，所以我才会把罗宾先生给我的蛋糕分一点点给它吃。但是，小孩子总是没有耐心的，一件事情干不长久，年龄小就更是如此。很快我就厌倦了跟小狗玩耍，我的思维像鸟儿那样飞来飞去，最终又想到塔楼里的王子们。我还是对他们念念不忘，想要关心他们。于是我抓住罗宾先生的袖口问道："罗宾先生，你知道，如果妈妈在伦敦的塔楼里的话，她肯定不会让讨人厌的叔叔用枕头闷死小王子们的。"

罗宾先生似乎并没有理解我的话，但是当我和妈妈跟罗宾先生告别后走到台阶上时，妈妈把我抱到怀里大叫着："哦！你这个小坏蛋！我真是爱死你了！"

一串葡萄

我很幸福，我十分幸福。我把我的父亲、我的母亲和我的奶妈想象成很温和的巨人，他们是世界最初的证人，她们永远不变，长久存在，并且独一无二。我确信他们会保护我，让我远离一切罪恶。在他们身边，我绝对会平平安安。我母亲教导我说信任是无边无际的东西。每当我回忆起这种神圣可敬的信任时，我就想亲一亲年少时的自己。任何一个人，如果他知道在这个世界上保留一种完全不受伤害的感情是如何之难时，他就会懂得这样的回忆所催生的热情与痴迷。

我是幸福的。现在，无数熟悉又神秘的事情占据了我的想象。虽然它们本身毫无价值，但是这些无数的事情却构成了我生命中的一部分。我的生命，尽管是小小的，可是它也是一种生命，它是事物的中心，它是世界的中心。请不要嘲笑我说的这句话。如果你想笑的话，请给我一个友谊的微笑，并思考一下这句话：凡是生命，即使它是一条小狗，也都是某种事情的中心！

能够用眼睛观察世界，能够用耳朵聆听世界，这是我的幸福所在。我总是对母亲的那个玻璃橱充满好奇，想要一窥究竟。橱里面有什么呢？是布匹，是香袋，是纸板，还是匣子？现在我觉得母亲是一个盒子迷。她有各式各样大小各异的盒子，一大堆盒子。母亲总不许我去碰这些盒子，这反而让我对它们产生了更多的遐想。我的那些玩具曾让我动了不少脑筋。那些我已经拥有的玩具对我早已没有了吸引力，而我想要玩的那些玩具却让我的小脑袋瓜向往不已。梦想中的那些玩具是多么美好啊！另外一件美妙的事情就是，我们拿支铅笔或钢笔就能随手画出来的线条和人物。我以前常常喜欢画士兵。我会画出一个鸡蛋形状的头，并在头上画上军帽。非得观察好一阵子之后，才会把头画到军帽里去，并且会让帽子顶着眉毛才好。我的装饰着羽毛的帽子以及袜子都是让我感到骄傲的物品。可是我特别喜爱的却是事物的集合：屋子、空气、光线这类东西。总而言之，我爱人生！我被一种伟大的感情包围住了。

我是幸福的，是的，我很幸福。可是过去我却十分羡慕另外一个孩子——他的名字叫亚方斯。我不知道他有没有其他的名字，或许他只有这么一个名字。他的母亲在城里替人洗衣服，以此谋生。亚方斯整天在院子里或者河岸上游荡。从我的窗户里，我可以看到他黄色的乱糟糟的头发以及黑漆漆的脸。他穿着后面破了的短脚裤，脚蹬一双靴子，正在水沟里走。我也想像他那样自由自在地在水沟里走来走去。亚方斯会跟在厨子后面，常常会在吃了几个耳刮子后得到一点可怜的馒头皮。有时候一个马夫会让亚方斯去帮他担点水，于是他就憋红着脸喘着气把一桶水担回来。以前我很羡慕他。他不像我这样还要学习拉封丹的寓言。他从来不担心因为把衣服弄脏而挨骂。无论早晚，他也不需要跟那些完全不关心的人问好："早上好，先生！早上好，女士！"尽管他没有我的那些诺亚方舟或者装发条的马，可是他可以凭着自己内心的意愿去抓两只麻雀来玩，或者跟那些像他一样流浪的小狗玩耍。甚至，他还可以去马棚里跟马儿一起玩，可以一直玩到马夫用扫帚赶他走。他拥有自由和勇气。那片院子是他的天地，他总是站在那里抬起头注视着我的窗户，就像一堆人看着笼子里的鸟那样。

这个院子一直很热闹，经常会看到各种各样的动物，还会看到来来往往的差役。院子很大，南边与它毗邻的主要建筑就是那栋屋子。屋子的墙上有一株蔓延的老葡萄树。上面有一个日晷，因为日晒雨打，日晷上的字早已模糊得看不清了。那个悄悄地从石子上转过去的指针影子总是让我感到惊奇。在我所能想起来的一切幻影之中，这个院子最能让今天的巴黎人感到吃惊了。他们会惊讶还有这么大的院子。而现在巴黎人的院子只有四米见方，如果爬到五层楼顶的话，也只能看到手帕大的那么一小块天空。这是一种进步，却不正常。

在过去，每天早上，这个院子都非常热闹。女佣们到抽水机旁边灌满她们的水壶。六点钟的时候，厨子们会来这里，他们一边在桶里洗生菜，一边和马夫们聊天打发时间。有一天院子里的石板都被搬起来了，原来是为了重新铺一下。做这项工作的时候，天正好下起了雨，院子里全是污泥。当时我看到亚方斯在那里玩耍，整个人看上去就像是森林里半羊半牛的神怪。他从头到脚都是泥土的颜色，却很开心很热心地搬着石板。最后，他抬起头来看到被关在高墙里的我，跟我做个了手势，喊我下来。我心里涌出一股想要跟他一起搬石板的冲动。我在房间里可没有石板可以搬。碰巧那时房门开着，没有锁，于是我就走到院子里去了。

“我来了。”我对亚方斯说。

“搬那块石板。”他说。

他的样子乱糟糟的，像个野蛮人，声音也很粗。我听了他的话，开始搬那块石板。突然那块石板被人抢走了，我被人从地上拉了起来，原来是奶妈把我抱起来了。她很生气，用肥皂给我洗手，并严厉地训斥了我，说我不应该跟这个总是在街上浪荡的无赖东西一起玩耍。

“亚方斯，”我母亲说道，“亚方斯是一个普通的小孩子。这不是他的错，只是他的命不好。可是教养好的小孩子不应该跟教养不好的小孩子在一起玩耍。”

我是一个聪明有思想的孩子，所以我牢牢记住了母亲对我说的话。不知为何，她的话让我联想到自己以前看过的《圣经》版画里的那些被诅咒的小孩子。我对亚方斯的感情变了。我不再羡慕他，他给我的感受是恐怖，我对他充满同情。“这不是他的错，只是命不好。”母亲的这些话让我觉得不开心。母亲，你这样对我说是没有错的，在我年幼无知的时候，你告诉我不幸者是无辜的。你的话很对。在之后的一生，我都将记住这些话。

至少这一次，这句话是有效果的。我对那个调皮的小男孩产生了怜悯之情。有一天，他在院子里逗弄一个老房客女士的鹦鹉时，我用善良的小亚伯的同情心看着他。上帝！我们都应该做善良的亚伯（该隐和亚伯的故事见《圣经》）。我想着怎么跟他表达我的同情。我要亲他一下，但一想到他脏兮兮的脸，我又不愿意给他这个馈赠。我想了很久自己到底能给他什么，可最后还是没想出来。把我的玩具马给亚方斯？可是马鬃和马尾没了，这可不行。给他一只马也不能表达我对他的同情。我得给他一个适合他的东西。送一朵花如何？我独自想着。客厅里就有一束花。可是转念一想，万一亚方斯不喜欢花呢？就在这样为难的时候，我在厨房走了一圈，突然灵感乍现，我兴奋地拍着手：找到要送的东西了！

厨房柜子上的盆子里有很多美味的葡萄。我爬上椅子，摘了一串暗绿色的葡萄，很重，有盘子里的三分之一那么多，有一边已经变黄了。虽然我没有尝过，但我能想象这些葡萄放到嘴里的美妙滋味。我从母亲工作台上拿了一串线，我把葡萄挂在线的一头，然后从窗户那儿放下去。我喊亚方斯过来拿。他的手一够到葡萄就连线一起拽下去了。然后，他抬起头看着我，伸出舌头做了个鬼脸就拿着葡萄跑开了，留下一个背影给我。我的小伙伴从没有这样对我过。一开始我感到些许愤怒，但是转念一想也就释然了。我想："幸好我没给他一朵花，或者给他一个亲吻。"我的愤怒因为这个想法而消散了。难怪人们说人的自尊心得到满足的时候，其他的事情就无关紧要了。真是如此。

这样一想，我就不生气了。但我觉得应该把这件事情告诉母亲，一想到这儿，我又沮丧起来。虽然母亲责怪了我，但她没有生气，我从她眼睛满含的笑意里看出来她很喜欢。

"我们应该将自己的东西赠送给其他人，千万不可把旁人的东西给人家。我们应该学着如何给予。"母亲说。

"这就是幸福的秘诀，"父亲接着说，"可惜很少有人明白这个道理。"

父亲，父亲他是知道幸福的秘诀的！

金眼睛的玛塞尔

我已经五岁了，对于世界已有了一些看法。原来这些观点是如此美好，可惜后来我不得不改变这些观点。有一天我正忙着画菩萨，我母亲却来喊我。她总是不为我着想，总是这样鲁莽地打断我。做母亲的似乎都这样。

她要我穿上最好看的衣服。可是我很讨厌打扮，我觉得没有这个必要，于是我做出各种可怕的神情，因为我实在是受不了了。

“你的教母要来了，如果不好好穿衣服的话，就不好看了！”

我的教母！说实话，我还没见过她呢，我完全不认识她，甚至我都不知道自己还有一个教母。但是我却能理解什么是教母，因为我在故事书里读到过关于教母的描述，我在画帖里也见到过她们的模样，我所知道的教母是一个仙女。

于是我任由母亲给我洗脸打扮。一想到我的教母，我就很好奇，想要认识她。平时我是十万个为什么，碰到不懂的问题就要问，可是今天，虽然我也心急如焚，很想知道自己的教母是什么样子的，可是我却一点也没有问。

你问我为什么不问？啊，因为我不敢问。因为我早知道仙女长什么样子，而且仙女都是神秘安静的，所以我才不问。而且感情里的暧昧是极其珍贵的，就连这世界上最初的灵魂也会出于本能地想要暧昧。虽然我还没有认识我的教母，但是我却爱她。

我知道，接下来的我会让大家很惊奇，但有时事实会出乎意料，会让事情看起来很合理。我的教母竟是如此美丽的人！真的是如我想象的一样。当我看到她的时候，我就认出她了。正是我所期待的那样，她是我的仙女。我很快乐地看着她。这一次上帝满足了一个小孩美妙的梦想。

我的教母看着我。她有一双金色的眼睛。她对着我微微一笑，我看见她的牙齿和我的一样小。她开口说话，声音是如此清澈，仿若森林中泉水的叮咚声。她亲我的时候，嘴唇是那么清凉，直到现在我还能觉得脸颊上印个亲吻。

我看到她就感受到一种无限的甜蜜，这一次的相会是如此美好，让我的回忆变得简洁清晰。这就是我的教母，微笑着站在那里，半启樱唇准备亲我的脸颊。我觉得她任何时候都没有变化。

她把我从地上抱起来，然后对我说："宝贝，让我看看你的眼睛。"

接着，她抚摸着我蜷曲的头发说："现在金黄的头发，将来会变成栗色的。"

我的教母会预见未来。虽然她宠溺的预言并未成真。因为我润金的头发既没有变成栗色，也没有变成黑色。

第二天，她送了很多玩具给我。可是我觉得那些玩具都不适合我。我有我的书籍、画片、糨糊瓶、画箱以及一个聪明胆怯的小孩所拥有的一切玩具。我习惯跟这些东西一起玩。我就是一个聪明又胆怯的小孩。我习惯了在自己家里住，因为各种各样的玩具，我能感觉到形状和色彩，我能感觉到许多的痛苦，我也能感觉到许多的欢乐。

我的教母为我选择的东西并不适合我。那是一组运动器具，那些喜欢运动的小孩子才会玩这些东西的，比如：秋千，钢条，棍棒，量力器，哑铃以及一切锻炼小孩子气力的器材，这些器材能锻炼出强壮的身体。

可是，我已经习惯了书桌旁的生活，喜欢在灯下做切纸，做手工，喜欢绘画。当我从先天的艺术家的这些娱乐项目里出来时，有时突然发精神病似的痴狂地做出种种无规则、无节奏的胡闹来。我会假想自己是强盗，会想象遭难的船，会想象大火。教母给我准备的这些器材，这些铁制的器具，在我看来都是笨重的、冷冰冰的东西，完全没有一点灵魂。即使是她教我如何使用这些东西时，我也提不起兴趣。她神气活现地举起哑铃，将两肘向后，示范给我看，那两根挥到后背处的棍棒是如何舒展心胸的。

有一天，她抱我坐在她的腿上，说要送我一艘船。那艘船有一切的用具，一切的帆樯以及船舷上的大炮。她的记忆超好，什么桅楼、后甲板、管帆绳、小桅子、最高桅等等，她都描绘得清清楚楚。这些奇奇怪怪的名词，她简直讲不完，而且一讲起来模样还很可爱。于是我又开始觉得原来仙女是在海上生活的。

可是我却从来没有拿到她允诺我的那艘船。仙女的船占据了我许多的时间，我曾经梦见过仙女的船，我现在还经常看见它。这已经不是一件玩具了，而是一个幻影。它静静地在浓雾的海面滑动，我瞧见船舷上站着一个女人，她一动也不动地站着，整个胳膊僵着，一双睁得大大的眼睛，眼神一片空洞。

我很久没有见到过我的教母了。

从那以后我就形成了这样的一种观念。

我觉得她来到这个世上就是为了给人们带来快乐，是因为爱而来的，这就是她在世上的事业。我的想法并没有错。啊！从此之后我明白了玛塞尔（她名字叫作玛塞尔）所做的一切事情，都是因为爱，都是为了给人带来快乐。

好几年之后，我才略知她的生平。玛塞尔和我的母亲是在修道院里认识的。我的母亲比她大几岁，为人过于谨慎，又聪明，所以和玛塞尔做不来久长的朋友。因为对于玛塞尔而言，她的友情是充满热情的，是狂热的，而母亲却比较谨慎。教导玛塞尔种种无道理的感情的是一个年轻的寄宿女子。玛塞尔的一双眼睛永远离不开那个女子。那个女人的一句话，一个手势，都会影响到她。她也嫉妒那个女人，所以才能在自修的时候，写了二十多页的长信给那个女人，终于这个胖胖的女人说，承蒙玛塞尔的关心，她感觉这种关心已经足够了，她需要一点点安静的空间。

可怜的玛塞尔如此忧伤，如此失意，我母亲看到她这样也不免同情起来。于是，从那时候起，她俩的友谊又开始了。不久之后，我的母亲离开了修道院。但她们承诺，即使不在一起也要相互往来。她们居然坚持了这一点，没有失约。

玛塞尔的父亲可以说是这个世界上最好的先生，他可爱又有才智，只是常识方面的知识有点欠缺。在经过了二十年的航海生活之后，毫无原因，他突然就抛下了船。这种行为让大家很不解。按理说，工作了这么长时间不应该突然离去的。

原来，在一个下雨天，他从窗中往外看去，望见自己的妻子和女儿打着伞一起在雨中步行。人生中第一次，他发现她俩没有车子坐。这个发现使他感到非常悲痛。于是，他鼓起勇气把他妻子的珠宝卖掉，并且向许多朋友借了银子，赶到白突那个赌博之地去了。因为他对于赌博有经验，有必胜的信心，他赌赢过马车、仆从，所以这次他又去大赌起来。可是几天之后，他竟然囊中空空地回来了，从此之后再也不相信赌钱了。

他们在勃列还剩一小块土地，为了偿付他的借款，他不得不把这块土地卖了。后来他投身于发明机器的事业里，因为过于忙碌而无暇照顾妻子，他的妻子过世了。他将他的计划书和说明书寄给议会，寄给各部长官，寄给学士院，寄给学者的协会，寄给一切他所能想到的人。他的说明书有时用韵文来写，这样居然给他弄到不少银子，从而将生活过下去了。这真是奇迹。玛塞尔觉得这一切并没有什么稀奇，她手里拿到一百个铜圆时，她就把这一百个铜圆去买帽子来戴。

那时候我的母亲还是个年轻姑娘，无法理解这样的生活。玛塞尔常使她感受到生活的激情。

你知道吗，我的母亲对我不知说了几百次，玛塞尔那时候多美丽啊！

“呵！亲爱的妈妈，我能想象出她的美丽。”

然而她俩中间也起了纠纷，因为一种微妙的感情。这种感情我们万不应该让它留在阴影里的，虽然我们常常把亲爱的人的缺点隐藏在阴影里。我知道自己不应当如别人那样来分析这件事情。我敢说我不应当来分析，我也不能分析，况且这件事本身就很模糊。那时候，我的母亲和一个医生订了婚，后来这个医生结婚了，于是我母亲便跟我父亲在一起了。玛塞尔是美丽的。我跟你们说过几次她的美。我的父亲那时很年轻。他俩一见面就开始讲话。其他的我就不大知道了……我的母亲结婚之后，就再也没有见过玛塞尔。

但是，两年之后，这个金眼睛的美女倒能够宽恕人了。我的母亲请她做了我的教母。在这分分合合的过程里，玛塞尔也结婚了。我想她结婚这件事情对于她跟我母亲重修旧好是很有帮助的。玛塞尔非常敬爱她的丈夫——这是一个七岁就在一艘商船上经营航海生活的人。我想他一定做过买卖黑人的生意，因为他有财产在里约热内卢，所以他就带了我的教母到那边去了。

我的母亲常常对我说："你总想象不出玛塞尔的丈夫是怎样的一个人。那是一个猴子，猴子，从头到脚穿着衣裳的猴子。他什么语言都不会说，只能明白其他人说的话。他要表示意思的时候总是会大喊，或者做手势，有时候会转动眼珠子。平心而论，他的眼睛很漂亮。但是，你不要当他是岛上人。"母亲又补上了这一句话。他的的确确是法国人，出生在勃勒史德，名字叫提波。

顺便，我对你们做出一点解释。我母亲所谓"岛"者，指的是那些不是来自欧洲的人。这种称呼让我的父亲——做了许多比较人种学的作家——感到非常失望。

"玛塞尔，"我的母亲接着说，"玛塞尔是非常爱他的男人的。最初的时候，我们去看他们时，她都会觉得我们是有意去妨碍他们的。她过了三四年幸福的生活。我所谓的幸福者，是就趣味上说的。但是，当她在法国旅行时……你年纪太小了，你记不起来了。"

“啊！妈妈，我完完全全记得。”

“太好了！在旅行时，她的丈夫染上了岛上的恶习：他和坏蛋们在水手的酒店里喝得酩酊大醉。人家给他吃了一刀子。玛塞尔听到了这个消息，立刻乘船回去。她尽其所能地看护她的丈夫。然而在一次血崩之后，她丈夫还是死了。”

“玛塞尔没有再回到法国来吗？妈妈，为什么我没有再见过我的教母？”

对于这个问题，我母亲有点为难地答道：

“做了寡妇了，她在里约热内卢认识了许多海军军官。这些军官对她做了大大的坏事。孩子，不应当认为那是玛塞尔的错。她是一个特别的女人，与其他女人完全不同。但是她来我们家，我们招待她的话，不容易请她来。”

“妈妈，我并不去想玛塞尔的错处，只要你对我说她后来怎么样了。”

“一个海军大尉爱上了她，把她弄到手了。这是很自然的事情，因为这样漂亮的战利品会让他很有面子，心里欢乐。我不告诉你他的名字，是因为他现在已经升级为海军少将，你还和他吃过几次饭呢。”

“什么！是那个红面孔的胖子吗？嗳，妈妈，这个少将，他在饭后会讲关于女人的有趣的故事！”

“玛塞尔发痴般地爱着他。她跟着他去过许多地方。这段故事你是知道的吧。但是她的结果却很惨。他俩都在美国，我不能正确地说出在哪一处，因为地名我总记不牢。那位军官把她抛弃在那里。他借口有事情，自己回到了法国，玛塞尔就在美国那边等他。后来从巴黎的一张小报上，她知道他和一个女戏子勾搭在一起。玛塞尔忍耐不住了，不顾自己的寒热，乘船回来了。这是她人生的最后一次旅行。她死在了船上。孩子呀，你的可怜的教母被包在布里抛入海中了。”

上面这些话是我母亲讲的，其余的事情我就不知道了。但是每逢天上罩着一层柔软的青灰色、风在稳稳地吹着的时候，我的思想总会飞向玛塞尔。我会对她说：“令人感到同情的孤魂啊，在爱情海洋中游荡的游魂啊，亲爱的幻影，我的教母，我的仙女，忠于爱情的您，或许时到今日，只剩我这个唯一还记着你的人为你祝福了！您俯下身子来，将你的赠品放在我的摇篮里。当我刚有思想的时候，你给了我美的启示，让我明白美好可以理解痛苦的感受，所以我为你祝福；为了要看看眼睛的颜色，你从地上抱起小孩子来，我为你祝福！这个小孩是最幸福的人。我敢说，他是你最好的朋友。你所给予他的也最多。哦，宽宏大量的女人呀！因为你用一双臂膊为人们展开了梦幻的无限的世界。”

黎明絮语

这些是冬日夜晚的思绪拾穗，是属于我最初的一丝记忆。我该将它们挥散在空中，让它们飘去该去的地方，还是将它们妥善收好珍藏起来？在我看来，鬼魂可以从这些思绪里发现自己喜欢的食物。

那个博学多才又杰出的男人利特雷先生①，肯定喜欢每个家庭都有自己的记录和道德历史。“因为哲学教会了我重视传统，哲学教会了我保留所有属于过去的东西。很多次我都后悔，在中世纪，那时候无产阶级并不流行记录下家庭生活里发生的一些主要事情。只要家庭不消失，这可是一种能一代又一代传承下去的财富。不管这些记录的内容是否能够清晰地保存到我们这个时代，人们对这些记录都会倾注莫大的兴趣。即使那些思想和经验到现在已经不复存在，但只要我们稍加体验还是会有收获的。”

① 利特雷先生（1801—1881）：法国哲学家和词典编纂专家，师从奥古斯特·孔德。

在我看来，我准备实践这位充满智慧的老哲学家的想法。人的记忆应该被保留下来，它们构成了诺茨埃尔家族的开端。请不要轻易地将任何过往的记忆抛在一边，正因为有了过去的基础，才能承载起未来的高墙。

巴黎植物园[1]的隐居计划

截至目前，我还未学会如何阅读。我仍然喜欢穿着婴儿灯笼裤出去到处晃荡。当护士给我擦鼻子的时候，我会尖叫着抗议。可是就是这样的我却浑身充满了对荣耀的渴望。是的，我现在恰恰就处于一个最年幼的阶段，整个人被一种想要立即赢得功名的渴望所占据着，渴望自己能永远生活在人类的记忆中。为了达到这一目的，我不停地锻炼自己的大脑——这个最好的工具。甚至我在餐厅的桌子上和我的玩具士兵玩耍的时候，我也不会忘记进行这些锻炼。如果可以的话，我希望自己能够冲上战场，去赢取那不朽的荣光。我本应该像那些平时我摆弄来摆弄去的将军那样的。我常常会在一块油画布上给他们分配物资。

可是，我却没法拥有一匹马、一套军服、一个团的士兵，还有敌人，那些赢取军队荣耀必不可少的因素。我突然领悟了，

---

① 巴黎植物园：位于法国巴黎市区的塞纳河左岸，紧邻法国国家自然博物馆，园内有来自世界各地的大量珍稀动植物。

发现自己也许可以退而求其次，成为一名圣人。尽管这套军服没有真正军队所要求的军服那样精致，而圣人却德高望重，受人尊敬。

我的母亲是一位虔诚的妇女，她的虔诚、温柔和勇敢给我留下了深刻的印象。她经常翻开《圣人的生活》这本书，给我读里面的文章。我很喜欢这样聆听，心中总是充满敬畏之情。通过听母亲读故事，我知道了上帝是如何让他所选择的人的生命变得宝贵而有价值的；通过听故事，我领略到了殉难精神所散发出的迷人芬芳。可是殉难是一种极端方式，我不会选择这种方式。我也不会从事基督十二使徒或者牧师所做过的那些事情，因为我明白自己没有这样的机会。我那时唯一的想法就是能过上一种修道生活。那些行为我能够轻松安全地践行。为了能立刻将想法付诸行动，我开始不吃早饭。妈妈完全不知道我的新使命，她以为我生病了，担心地看着我。那种眼神刺痛了我。可是，不管如何，我还是坚持自己的斋戒。那时我想到了柱头修士西门·斯提来特[①]，他居住在一个高柱子上，思念着上

① 西门·斯提来特（约 390—459）：叙利亚隐修士，在三十岁左右创立了一种奇特的苦修方式，于特拉尼撒筑一高柱，居其顶端思念上帝。

帝。于是，我爬到了厨房的水箱上开始修道生活。这可不是一件容易的事情，我家的厨师朱莉总是会把我赶出去。虽然被从水箱上赶下来，可是我继续追寻着我不灭的热情。接着我又决定模仿帕特雷①的圣·尼古拉斯，他曾经将自己所有的财富捐给了穷人。父亲研究室的窗户正对着码头，从那儿我可以扔一些铜钱出去，有时还会扔一些大理石或者海鳗皮等等。

“这孩子铁定疯了！”父亲关窗户的时候惊叫道。

听到父亲对我这样的评价，我感到愤怒，又觉得被羞辱了。可转念一想，我的父亲不像我这样是个圣人，难怪他无法理解我从上帝眷顾的荣耀以及思考中所获得的巨大慰藉。

这个时间段，我该出去散步了。父亲和母亲帮我戴上帽子，可是我像圣人那样把帽子上的羽毛都拔掉了。因为圣人曾经得到一顶帽子，也把那些装饰给去掉了。母亲听到从我帽子上掉下东西的声音，耸了耸肩，深深地叹了口气。她这样真的让我很担心。

每次出去散步的时候，我都会一直盯着地面看，这样外界的

① 帕特雷：位于伯罗奔尼撒半岛西北部，是希腊西部通往意大利和伊奥尼亚诸岛的重要的港口城市。

任何事物都无法扰乱我的思绪，而我也能与圣人生活里常常遵循的训令保持一致。

在这趟有益健康的散步之后，为了最后表达我的虔诚之意，我给自己做了一个刚毛衬衣[①]，就是把一个旧摇椅的垫料填到后背的衣服上。为此，我又经受了一番磨难。当我沉浸在这种模仿圣人弗朗西斯儿子的行为里时，厨师朱莉正好进来了，抓了我个现行。她只看到了表面现象，而没有追问我这些行为背后所隐藏的原因。她被我破坏摇椅的行为震惊了，不由分说就抽了我一顿。

现在回头看看那天发生的痛苦事件，我得出的结论是，如果一个人被人牵挂，那他就不可能成为圣人。我终于知道为什么圣·安东尼和圣·杰罗姆要去荒漠中与狮子为伴了。于是，我决定第二天就要去过一个隐居的生活。作为我理想中退休后的梦之地，我选择了巴黎植物园的迷宫。

在那里，我下定决心要过一种被棕榈叶子包围着、每天不断沉思冥想的生活。这也是向圣·保罗隐士致敬的一种行为。

---

① 刚衬衬衣：宗教禁欲者苦修时直接穿的一种粗糙的粗毛衣服。

“在这座花园里，”我独自思索着，“有树根作为食物。山顶之上建着一座小屋。在这里我可以跟世间所有野兽生活在一起。那只曾经用爪子为埃及的圣玛丽刨出坟墓的狮子，它一定会来追随我的，那样我就能在某些隐士居住的地区践行最后的那些修道仪式。我应该能看到长有一双山羊脚的男人，还能看到一匹头和肩膀是人形的马。也许天使们还会唱着圣歌带我离开人间，升向天堂。”

很久之后，当我开始解释自己曾经的行为时，一切似乎变得不那么奇怪了。巴黎植物园也只是我眼前虚幻的一个地方，就像我在陈旧的插图《圣经》里所看到的人间天堂那样。我的护士以前常常会带我去那儿，我仍然能记得一到那儿我的内心就升腾起一股神圣的喜悦感。甚至那里的天空都比其他地方的天空更为澄澈安宁。天空上的云朵从鹦鹉笼子、老虎笼、熊窝和大象的房子上飘过。有时，我竟觉得自己看到了上帝，他长着白花花的胡子，穿着蓝色的袍子，胳膊向外伸着，好似要将福祉送给我，送给地上的羚羊、兔子和鸽子。当我坐在黎巴嫩雪松下，我看到从上帝的手指缝间洒下来的光线。动物们跑过来拿走我手上的食物，它们用无比温柔的眼神看着我，让我回忆起母亲曾经讲给我听的亚当以及人类起初纯真无邪的那些岁月。地球上的生物都聚集在伊甸园里，不管如何年迈，它们都能找到栖息之地。而我的这个伊甸园是无人能毁的。在那里看到女护士、士兵和卖椰子的小贩，我一点也不觉得吃惊。相反，我很开心能够亲近这些低层的人，接触这些如蜉蝣般的小人物。所有的一切对我而言都是如此善良美好，因为，我把所有的事情都打上了我孩童般的理想色彩。

我决心要去住在巴黎花园里，那样我才可能变得有价值，才能取得可以跟记忆中那些圣人的功绩相媲美的成就。

第二天早晨，我的这种想法依然跟昨天一样坚定，于是我把这种想法告诉了母亲，她听了之后笑了起来。

“你为什么想去巴黎植物园的迷宫里过隐士生活呢？”母亲一边为我梳着头发，一边笑着问我。

“我想要成名，想在自己的名片上印上：日历上的隐士和圣徒，”我回答道，“就像老爸的名片上印着‘医学院桂冠获得者和人类学协会秘书’那样的头衔。”

母亲听到我的这番言论，手里的梳子掉到了地上。

“皮埃尔！你这是做什么！整日里尽说胡话！我真是命苦啊！

别人家的小孩子还处于天真懵懂的年纪，我的小孩子竟然如此疯狂没有理智了。”

接着，母亲转向父亲对他说道：“你听到了吧，我们家的小家伙才七岁，就整天想着如何出名了！”

“亲爱的，”父亲说，“如果这样的话，他到二十岁的时候就会讨厌出名了。”

“真那样就好了！”母亲说，“我不喜欢那些爱慕虚荣的人。”

上帝就是如此安排的，一点也没偏离父亲的预测。像《意弗都的国王》那样，我没有名扬四海，却仍然生活得很好，而且我也不想把“皮埃尔·诺齐埃尔”这个名字时刻刻在人们的记忆中。

然而，不管何时我重新回到如今有点孤独萧瑟的花园里，不管何时我徜徉其中，我总是有股冲动，想要找个熟悉的陌生人，告诉他曾经的曾经，这里是我想要隐居的地方。好像我幼稚的童话故事也与那些陌生人的思维交织在一起，也会让他为之一笑。

至今为止，我还有一个巨大的疑惑，那就是在我六岁的时候，我是否明智地放弃了所有从军的想法。事实是，从那之后我再未想过要成为一名士兵。这也是我后来有点遗憾的地方。士兵的生活总是透露出一股庄严肃穆。对士兵而言，责任的道路是很清晰的。一个想为自己所做之事找理由的人，很快就会发现他找到的那些理由其实都不算理由。只有士兵和牧师才不受怀疑这种思绪的折磨，因为他们有明确的使命。

至于成为一名隐士的想法，每当我坚定地认为生活真的很糟糕时，我才会再次想起这个梦想。也就是说，每天我都会想一想。但是，每天上帝都会重新唤起我对平凡男女为了生活所做的日常琐事的兴趣。

勒波老人

在海涅的回忆录里，人们会看到一些诗歌般朦胧的人物画像，比如诗人对他舅舅西蒙·范·戈尔登的描绘。

“我的舅舅，”海涅回忆道，“是个很奇怪的老人，他的外貌特别谦逊，但又古怪至极。他很安静，不突出，面容苍白，却又透露出一丝严肃。他的鼻子虽然有希腊人的特点，却比希腊人的鼻子还要长上三倍。整个人终年不变地喜欢旧式裁剪的衣服。他穿着长及膝盖的短裤，白色的袜子，皮带扣子的鞋子，头发也编成旧政权制度时期的样式。那个小绅士迈着小碎步穿过街道，辫子从一个肩膀甩到另一肩膀，好像在嘲笑背后的拥有者。

“这个小男人拥有最宽宏大量的品格，在他小的燕尾似的紧身长外套下，跳动着一颗幸存的骑士之心。虽然他是一个骑士，但不需要到处游历。他从未离开过自祖先起就在杜塞尔多夫这儿居住的屋子。这个屋子被称为‘挪亚方舟’。这是一座雕刻巧妙、涂着艳丽油漆的平底船，放在大门口。他在那里完全不受打扰，沉浸于自己的爱好中：单纯地做学问，收藏图书或者痴迷于书法。对书法的痴迷主要通过阅读政治报纸和难以理解的短评来释放。”

对共同福祉的热忱促使西蒙·范·戈尔登开始写作。在写作上，他投入了巨大的精力，经受了很多的痛苦。没有东西写的时候，独自思考于他而言是一件绝望的事情。他按照在耶稣会会士学校学到的僵硬呆板的方式写作。

“正是这个舅舅对我思想的成型产生了巨大的影响，”海涅写道，“就这一点而言，我永远对他感激不尽。就像我们毫无联系的想法一样，他的文学灵感虽然悲伤，却唤醒了我追逐文学成就的信心。”

这段对舅舅范·戈尔登的描述让我想到了一个人，一个模模糊糊的人，他的样子跟戈尔登相比就没那么清晰，没那么吸引人了。但是，我永远不会像伦勃朗和海涅那样，用一种忠实和虚幻相结合的方式来描绘出他的样子。这样很不幸，因为第一个被描述的人是一位技艺高超的艺术家。

是的！在我孩童时代，也有一个像西蒙·范·戈尔登这样的舅舅鼓舞了我，让我对写作产生了理性又不可救药的渴望。他的名字叫勒波，也许我就是跟着他培养了一个习惯——把沉思的内容记录到无边的纸上。我从十五岁的时候就培养了这个习惯。我不知道我是否应该感谢他，但是，无论如何，他对我失败的启示跟他自己的一样。他的癖好是收集目录。一周又一周，他不断编辑目录，编辑目录，编辑目录。他让我感到敬重。当我十岁的时候，我觉得制作一个目录比赢得一场战役还要美妙。自那时起，我的想法就有些变化了，但实际上我的观点仍然没有改变，仍然坚持初心。他曾经被称作勒波老人。在我看来，他仍然是一个值得赞扬和嫉妒的男人。如果我偶尔会沉迷于微笑的话，我的这位老朋友，他就是善良和慈爱的微笑。

我很小的时候，勒波老人年纪就很大了，但是我们之间总是能深刻地理解对方。

他的一切都激发着我的好奇心：他鼻子上架着一副又圆又大的眼镜，红润的面颊肉嘟嘟的，还穿着花式的马甲。宽大的衬衣口袋里装满了书。换句话形容，整个人给人一种搞笑的感觉，混杂的颜色只是加深了这种感觉。他头上戴着一顶宽檐皇冠式的帽子，帽檐边的白头发缠绕在一起。

他讲的一切都很简单，短小，像图解似的，就像小孩的童话一样。他简单地构思，让我毫不费力地就能跟上他。作为我父母的好朋友，他把我当作一个安静聪明的小男孩，还鼓励我去他那个只有老鼠光顾的家，去看看他。

那是一座很旧的房子，坐落在与通向巴黎植物园的陡峭狭窄的小路相反的方向。我觉得那条小路那时候是所有巴黎软木塞制作者和修桶匠们的避风港。那里散发出一股酒桶所特有的难闻的味道，我到死都不会忘记那种味道。一开始，我得跟着老仆人纳农穿过牧师公馆的小花园，爬上一些石头台阶，最终会来到最不可思议的一个住所。沿着大厅的墙边放着木乃伊，在你进门的时候欢迎你。其中一个裹在镀金的衣服里，其他的都是用黑色亚麻布包裹着干瘪的身体。另外一个已经从束缚中挣脱了，露出了白色的牙齿和瓷釉的眼睛。楼梯就更恐怖了，墙上挂着许许多多的链子、枷具和比你胳膊还大的监狱钥匙。

跟布瓦德一样，勒波老人的收藏中也有一个废置不用的绞架。实际上，他还有骑士拉举特的梯子和勒死人的物品。他住的四间房间都一样，里面的书籍堆到了房顶，还夹杂着地图、金属、盔甲、旗帜、沾有烟渍的画以及一些石头或木头雕刻的古旧玩意。一张摇摇欲坠的桌子和虫蛀的箱子上堆着成山的彩色陶器。

能挂在屋顶的东西全都挂上了，整个房间透出一股悲伤的气息。一件落满灰的制服让这个乱糟糟的收藏室里的所有东西都变得无法辨别，每件物品似乎都是被蜘蛛网罩着的，勒波有自己保存艺术品的理念，所以，他不让纳农打扫房间。然而，最值得注意的事情莫过于所有的一切都展现出一种孤独的状态，随便看向任何一件物品，都觉得这个地方是被一个变态或者恶灵所控制着。

勒波通常会在卧室里。他的卧室也跟其他房间一样混乱不堪，但是灰尘没有那么多，因为老仆人会经常打扫。这个房间一半的空间被一张长桌子占据了。我的老朋友穿着带花的晨衣，戴着帽子坐在桌前，安静愉快地工作着。他一件一件地分类，而我则瞪大了眼睛看着他，屏住呼吸，佩服得五体投地。他用那难懂的指示标在小块厚纸板上。我想不到还有其他的工作能让一个人如此投入。但我错了。我看到一台打印机在打印他的目录。他在卡片的空白页上写下神秘的标记，我知道这是世界上最好的工作。我目瞪口呆地站在那儿，既好奇又佩服。

不一会儿，我胆大了起来，发誓自己有一天也要做这样的校对工作。这个愿望并没有实现，但是我觉得是环境所致，因为我在跟朋友交流的时候发现，一段时间后，一切都变得让人讨厌，包括校对工作。更不用说这个曾经影响了我人生轨迹的老朋友了。他住所的景象让我知道了古老和稀有的意义，让我开始回顾过去。他给我展示了如何完成文学作品的过程，即使我那时候还是个孩子，但他让我深深地记住了一个愿望，一个为提高思想而工作的愿望。总而言之，感谢他让我成为一个伟大的读者，成为一个热心的古文注解者。现在我写的这些回忆录绝对不会打印出来的。

这位慈祥古怪的老人安静地离世时，我才十二岁。他的目录从未发表过。房间里的那些木乃伊和其他的东西都被纳农卖给了商人。

上周，我在巴士底正好看到其中的一件物品。它是一个爱国者用石头雕刻而成的，原本属于这个被毁掉的堡垒，后来被捐赠给了市政府和大众。这个东西很笨重，不好使用。我好奇地检查了一下，在一座塔的底座发现了接近模糊的图标记号——来自勒波先生的收藏。

诺齐埃尔奶奶

那天早晨，父亲看上去很焦虑。母亲则在屋子里一边忙活着，一边低声说话。餐厅里的缝纫工忙着做黑色的裙子。

午餐也吃得不开心，大家轻声地交头接耳。我知道一定发生了什么事情。最终，母亲穿上了全黑的衣服，还戴了厚面纱，然后走到我跟前说："亲爱的，走吧。"

我问她要去哪儿。她说："皮埃尔，听我说！你的奶奶，就是爸爸的妈妈诺齐埃尔奶奶昨夜去世了。我们要去跟她告别，最后一次跟她吻别。"

我看见母亲已经哭泣了。我其实还好，没有哭，因为这些年我还记着这段往事。可是记忆却很模糊，我竟无法用语言描述出来。我没法说这个消息让我感到悲伤，即使有些悲伤，也没有害怕的意味在里面。我的思维状况还不是由外界或真实的东西所决定的，也许对此最合适的修饰语是"浪漫"。

一路上，我的思绪都集中在奶奶身上，但我不能理解到底发生了什么事情。死亡！我无法想象它是什么样子，但是我知道死亡是很严重的事情。

离哀悼室越来越近，我带着一种无法解释的幻想思索着，周围的环境以及所有的邻里都跟奶奶的去世有关系，早晨静谧的街道，邻居的说话声，身边匆匆而过的人，打铁匠的锤子发出的敲打声，也许都与此有关。这个想法完全占据了我的脑海，我居然还把这个神秘的“死亡”与美丽的树木、明亮的天空以及温柔的空气联系在一起。

我觉得自己走到了一条神秘的道路上，在道路的转角处，我看到了熟悉的小花园和房屋，并没有什么与众不同的地方。这让我很失望。鸟儿们还在歌唱呢。

一股害怕的情绪席卷了我，我抬头看了看母亲。她的眼神中充满了宗教般的敬畏之情，眼睛看着某个地方。我也沿着她的视线看过去。

我看到从奶奶屋子的白色窗帘透出了隐隐约约的灯光，一丝苍白摇曳的光。这丝光在异常明亮的白昼透露出死亡的信息。我低下头，想着也许再也看不到这个景象了。

我们沿着小小的木头楼梯往上走，穿过安静的房间。母亲伸手打开了卧室的门，我抓紧了门把手让她后退。我们走进了屋子。坐在床头摇椅上的一个尼姑起身给我们让座。我的奶奶就躺在床上，她的眼睛紧紧地闭着。

我觉得她的头变得很沉重，像石头那样沉重，深深地陷入枕头里！她的头发隐藏在一顶白色的帽子里。尽管脸上毫无生气，但她看上去不像平日里那么老。

哦！一点也不像睡着了！但那个让人感到痛苦的坚定笑容是什么意思？

我觉得她的眼睑不时地动了动，那是烛火摇曳给我的错觉。桌子上放了一碗圣水，里面插着一根黄杨木枝条。碗两边点着两根蜡烛。

“亲一下奶奶。”母亲跟我说。

我用嘴唇碰了一下奶奶的脸，一股寒意传到我身上，一股无以描述的寒意。我闭上了眼睛，听到了母亲在哭泣。如果奶奶的用人没有把我带出房间的话，我不知道自己会变成什么样。她牵着我的手，带我去了玩具店，对我说：“挑你喜欢的玩具吧。”我选了一个弩，然后就去一旁往树叶上发射豆子，自娱自乐。

我把奶奶忘到脑后了。直到晚上，我看到了父亲，早上的那种感觉再次向我席卷而来。我可怜的父亲，我快认不出他了。他的整张脸都肿了起来，看上去十分憔悴，眼睛里都是泪水，嘴唇微微抽动着。

母亲坐在父亲身旁，在黑边纸上写着地址。一些亲戚过来帮她写。我看到大家打开了信件。大约十几个人围着一张大桌子。那里很暖和。我被分到一个新任务，这让我觉得自己很重要，也让我感到很开心。

从奶奶去世后，只有这一刻我才觉得她还活着，而这第二段生命比第一段更为卓越。我竟然如此清晰地记起她做过的所有事情，她说过的所有话。父亲以前每天都会给我们讲奶奶的故事，让我们觉得她就在我们眼前。有时在晚上，做好晚饭后，似乎她早已在那儿准备好跟我们一起掰面包吃。哦！我们为什么不学习朝圣者对主说的话呢？

“太阳西下，夜色已至，请与我们一起住下。”

啊！她是多么可爱的鬼魂，戴着蕾丝帽子，系着绿色的丝带。很难想象她如何适应另一个世界。我从未把死亡跟任何人联系在一起，所以更无法与奶奶联系到一起。也许一个和尚会死，也许一些漂亮的女英雄会死，但冰冷的坟墓会接受一个像奶奶这样的小老太太吗？她爱大笑，过得无忧无虑，而且穿着优雅。这怎么可能！

我会告诉大家一些奶奶还活着时我发现的事情。

奶奶一点也不严肃，是的，她的道德观念不是最严格的。她对写作没啥喜爱。周日，我跟母亲准备出门去教堂的时候，她总会跟我们扮搞笑的鬼脸。每次母亲对这个世界和一切事情严肃对待的时候，奶奶就会笑她。她总是会原谅我的错，我觉得即使犯的错误很严重，奶奶也能原谅我。

“他以后绝对会成为跟他父亲不一样的男人。”奶奶以前这样评论我。她的意思是我年少的时候就应该去跳舞，就应该跟很多小女孩谈恋爱。她总是说好话哄我。其实，如果她还在这个世界上的话，也许她唯一支持我的就是把自己的生活过得舒适一些。因此，在牺牲了一点点道德和政治口号后，我也能快乐地接受别人的观点。虽然不太珍贵，却是我吸取的经验。在我奶奶看来，这些品性拥有天性的吸引力。她居然不知道她就具备这样的品格。我的缺点就是太能容忍，而且喜好交际。

奶奶是真正意义上十八世纪的人。这一点毋庸置疑！很遗憾没人写她的生平事迹。如果有人写的话，就会发现真实的她是个不守常规的人。但是，为什么我父亲不从事其他的职业，而是像现在这样测量巴布亚人①和布须曼人②的骨头？

卡罗琳·诺齐埃尔于1772年4月16日出生在凡尔赛。她是天才医生杜塞尔的女儿。1789年，法国王太子患上轻微的猩红热，王后的马车每天都会去卢夫西恩大街，去请杜塞尔医生为王太子看病的。杜塞尔医生生活贫困，家里只有书籍和植物标本，和其相依为命，像极了卢梭的弟子。一天马车却空车返回了王宫，原来医生拒绝出诊。

“先生，你忘记我们了。”王后在他下一次去的时候用动怒的口吻说道。

“夫人，”杜塞尔回答道，“您的责备伤到了我，不过这就是你的个性。我原谅您作为母亲的这种反应。别担心，我正在尽心尽力地治疗您的儿子。昨天我被请去治疗一个奄奄一息的农妇，我没有办法放着她不管。”

1790年，杜塞尔出版了一本小册子，每次我都带着敬佩的

① 巴布亚人：居住在太平洋西部新几内亚岛及其附近岛屿上的土著民族。
② 布须曼人：非洲南部的一个土著民族。

心情打开阅读，每次都会捧腹大笑。这本小册子的名字是《公民爱的代价》，它的题词是：我知道如何帮助苦难的人。作者开篇就提到，尽管贫困，但他渴望为法国人民的福利而奋斗。然后，他提倡用简单的公正来描述他确保公众福利的规则。它们是建立在启蒙的自由基础之上的，而自由是由宪法来保证的。作者以对所有人的感谢结尾，感谢法国国王路易十六实施的自由人的统治，并预测了黄金时代的到来。

三年后，他的病人兼朋友的人都被砍头了。杜塞尔被怀疑成中庸派，根据塞夫勒委员会的命令被带到了凡尔赛，关到了圣方济各的修道院——那时的监狱。他匆匆忙忙被带过去，整个人看上去像个老乞丐，完全不像一个博学多才的医生和哲学家。地上铺了莱纳尔神甫[1]和卢梭的作品，他坐到摇椅上感叹道："这是五十年美德的馈赠吗?"

就在这时候，一个貌美如花的年轻女人拿着盆子和海绵走了进来，说道："先生，有理由相信我们很快就会上断头台的。你现在愿意让我帮你洗脸洗手吗？因为你现在看上去像个野人。"

---

① 莱纳尔神甫（1713—1796）：法国历史学家与哲学家。

“同情心，”年迈的杜塞尔喊道，“这些内心罪恶的人居然有同情心！我命中注定会遇到你？你的年轻，你的面容，你的行动，所有的一切放在一起，让我断定你是个无辜的人。”

“我唯一的罪行就是为国王最有价值的死亡而悲伤。”这个正直的俘虏回道。

“路易十六也有他的优点，”我伟大的奶奶回答道，“但是，如果他的名声没有达到顶点，他也不会真正地忠于这个光荣的宪法。”

“什么！先生，”年轻的女士大惊失色，挥舞着她手中还在滴水的海绵，说道，“你那时是个雅各宾党人？你也支持掠夺者那一边吗？”

“女士你是支持法国的敌人吗？”洗礼进行到一半的杜塞尔叹息道，“一个贵族的胸膛里会感受到心跳吗？”

这位女士的名字叫德·拉维尔，她也为国王的去世伤心不已。在那四个月里，她和杜塞尔被关在一起。她总会教育杜塞尔，总是想方设法让他感到舒服。跟他们预期的相反，他们没有被送上断头台。因为巴特利尔代理发表的一份报告，他们被释放了，获得了自由。拉维尔女士之后成了我奶奶的挚友。那时我奶奶二十一岁，已经跟普通公民丹格尔结婚三年了。丹格尔是莱茵河上游的一个志愿者军营的辅助少校。

“他是一个很帅的男人，”我奶奶经常这么夸他，“但是，如果我是在大街上遇到他的话，我完全不确定能不能认出他。”

她断言曾经看到过他不止五次，但他总共陪她的时间也不到六个小时。她因为少女的善变而嫁给他，因为她想在头发上戴上一个国家的标语。另一方面，他想要全世界的女人。最终，他离开了她，而她也让他毫无愤恨地走了。

当他走上光荣道路时，丹格尔给他妻子留下的唯一财产就装在他秘书的鸽棚式文件架里。这些遗产包括他曾经给他的一位哥哥寄送过的现金收据，以及从一些移民那儿收到的一打信件。这位丹格尔·埃尔默哥哥是孔代亲王第八①的军队中的一名军官。那一打信件的内容足以将我奶奶和其他五十个人送上断头台。

实际上，奶奶并非不担心这件事。每次有人来邻居家搜查的时候，她都会安慰自己：“真的，我得烧掉我那卑鄙的丈夫留下的那些信件。”但每次她脑海里总会跳出其他几百种想法，阻止

① 孔代亲王第八：指路易·约瑟夫·德·波旁，法国大革命期间的流亡亲王，波旁公爵的独生子。

了这一行为。然而，一天早晨，她终于下定决心解决此事。

那个时机真是选对了，万无一失！

她从秘书的鸽棚式文件架里拿出了文件，全部摊放在沙发上，然后坐到火炉前读完了这些信件。她悠闲地将这些文件分成一小堆一小堆，然后挑选出要毁掉的和要留下来的文件。她随意浏览着，收集起过去的些许片段。突然，她听到房门打开的声音，大脑中即刻意识到这是来搜查的。奶奶匆匆忙忙地收起了散落的文件，藏到了沙发底下，而封面却落在了地板上，她用脚踢到了沙发下。即使这样，还是有一封信件的角露在外面，就像白猫耳朵一样。当担保委员会的人员大步走进房间里时，后面跟着六个人，带着步枪、佩剑和长矛。

丹格尔夫人从沙发上站起来，此刻才反应过来信件还没有全部销毁。她只有万分之一的机会，现在她对接下来的行动极度感兴趣。

“公民，”小队的队长说道，“你涉嫌与共和国的敌人保持通信。我们要没收你所有的文件。”

队长说完就坐到沙发上，准备拟写一份抓捕报告。

他的手下开始在屋子里翻箱倒柜地搜查。他们砸开锁，拉开了抽屉，什么都没有发现，他们粗暴地打开橱柜，搜查火炉，翻找照片，用刺刀挑开摇椅和坐垫，但还是什么都没有发现。他们用步枪枪托敲打屋里的墙面，检查烟囱，连房顶都掀翻了，但还是一无所获。最终，经过三个小时毫无结果的粗暴搜查后，他们疲惫不堪，于是绝望地撤退了。临走前，他们说还会再来搜查的。他们从未想到要搜查沙发底下！

这件事过去了几天后，我奶奶从剧院回家，刚到家门前就遇到了一个饥肠辘辘的人，他的脸很白，灰白的胡子很脏，好多天没有刮以至于都认不出他的面容。他一下子跪在奶奶面前，可怜地哭起来："丹格尔夫人，我是阿尔西德，求求你救救我！"

这时，奶奶才认出他来。

"我的天啊！"奶奶惊叫了一声，"怎么可能？你真是阿尔西德先生？我的舞蹈老师？这样见到你真神奇！"

"我是通缉犯。救我，哦，救救我！"

"我会竭尽所能的。我现在也是被怀疑的对象，我的初始是个雅各宾派。但是，跟我来！希望看门人没看到你，他可是市政的人。"

他们往楼上走去，这个幸运的女士把不幸的阿尔西德带到了楼上，那时阿尔西德从头到脚都在发抖，牙齿因为害怕而发出了咯咯声，嘴里不断地说道："救救我！救救我！"

他的样子真的很可怜，奶奶禁不住笑了。但这下事情更棘手了。

"到底有什么东西能拿给他吃呢？"奶奶看了一眼橱柜和箱子，自言自语着。

为了找个更好的地方，最后奶奶想起来让他去自己的床上。

她拖出来两个床垫，在床里面的墙边形成了一个凹进去的形状。她让阿尔西德躲在里面。这让整个床看上去很奇怪。于是她脱了衣服，睡到床上，然后摇铃铛叫厨师过来。

"佐伊，"奶奶说道，"我有点不舒服。给我做点鸡肉、沙拉，再准备一瓶红葡萄酒。哦，佐伊！今天有什么新闻吗？"

"那些贵族的暴徒又开始了阴谋行动。看样子不把他们送上断头台，他们是不会罢休的，各地儿都这样。可是无裤党①的人会盯住他们的。看门人告诉我，他们正在抓一个叫作阿尔西德的流氓。今晚，也许会有人来我们这儿搜查。"

---

① 无裤党：原指法国大革命初期衣着褴褛、装备低劣的革命军志愿兵，后来泛指大革命的极端民主派。

躲在两片床垫子下的阿尔西德一直在听着他们的对话，当佐伊离开后，他一阵儿紧张，使得床都摇晃起来。他感到呼吸痛苦，整个房间都充斥着他刺耳的喘气声。

“干得不错！”丹格尔夫人对自己说道。

她走过去吃了一个鸡翅，给可怜的阿尔西德递过去一点红酒。

“啊！夫人！啊！耶稣！”阿尔西德哭了起来。他失去了判断力，哭得更大声了。

“了不起，”丹格尔夫人夸奖着自己，“搜查的人也只是出现一下而已……”

她的脑海中浮现出了这样的想法，那时一对步枪手踏着沉重的步伐过来搜查，使得整个楼梯都在震动。

佐伊带来四个搜查官员，还有三十个国民警卫队的士兵。

阿尔西德现在一动不动，连一丝呼吸都听不到了。

“现在，女士，”其中一个警卫队队员说道，“起床！”

可是另外一个同伴提醒他丹格尔夫人现在没有穿好衣服，没法在一队男人面前起来。另外一个人看到有一瓶红酒，于是开始自己喝起来。其他人也跟着喝起来。

其中一个人开心地坐到了床上，摸着丹格尔夫人的下巴说道："这张美丽的脸庞居然是个贵族派，太遗憾了！如果要把这小脖子拗断了，真遗憾！"

"得了，"丹格尔夫人说道，"我看出来你们都是好心人。快点吧，你们想去哪儿搜查就去哪儿搜查，我困得要死了。"

他们在这个房间里待了两个小时，有很多机会越过床看看有没有人藏在后面，但是，他们只是傲慢地嘲笑丹格尔夫人，然后离开了。

最后一个人差点转过身来时，小小的丹格尔夫人正靠在床沿，喊着："阿尔西德先生！阿尔西德先生！"

"真是的，"一个可怜的声音回应道，"他们会听到的！看在上帝的份儿上，饶了我吧。"

"阿尔西德先生，"我奶奶继续说，"你真是吓死我了。我听不到你的一点动静，我以为你死了呢。一想到躺在一个死人旁边，我就不寒而栗。阿尔西德先生，你真是无情。一个没有死的人，为什么要说真是的。我可不会原谅你这样，好心没好报。"

我奶奶真了不起，不是吗？就这样帮助了可怜的阿尔西德先生。

第二天，奶奶出去在巴黎的默东给他找了一个藏身之所。

人们肯定想不到杜塞尔哲学家的女儿会创造奇迹，或者能够死里逃生。她甚至都没有一点宗教信仰，任何神秘的东西都会让她反感。不用说，像她这样头脑冷静又实际的人，她总是乐此不疲地详细讲述她亲身经历过的这件了不起的事情。

后来，去凡尔赛的圣方济各修道院监狱看望拘禁的父亲时，她认识了德·拉维尔。她被释放后，跟奶奶一起住在兰德里大街的一个房子里。这两个房间对着同一个楼梯。

德·拉维尔女士以前跟她妹妹艾梅雷住在一起。

艾梅雷是个可爱的高个子女人。她苍白的脸掩藏在黑黝黝的头发后面，散发出一种无与伦比的魅力。她的眼睛有时无精打采的，有时又散发出火一样的光亮，好像要寻找一些神秘未知的东西。

艾梅雷在等待着安顿下来的机会，她是拉尔让提耶社区的修女。这个还是孩子的女孩，经历了无法描述的恋爱的苦痛。

她几乎要被无聊压垮了，常常会无缘无故地泪流满面。有时候，她一连很多天都很沮丧，其他时候，她都在如饥似渴地读着书。她是个被自己的幻觉俘虏的人，遭受着无法言说的痛苦。

她姐姐被捕，她的朋友因为谋反的罪名被送上了断头台，脑海里不断出现一个念头——她是下一个被捕者。这个念头完全压垮了她衰弱的身体。她日渐消瘦。搜查队每日都会传来鼓声。戴着红帽子从她窗前经过的民众拿着长矛，唱着《事情会好起来》[1]。这一切都让她感到害怕，一会儿麻木，一会儿欣喜。让人神经紧张的袭击随后发生，这带来了严重的影响。

艾梅雷整日活在幻觉中，那些听她讲述的人都感到震惊。

夜里她会到处游荡，有时是醒着的，有时是恍惚的，远处断头台上传来受害者的叹息和呻吟，只要有一点点动静她都会感到害怕。有的时候，她会笔直地站在那儿，伸出胳膊指向远处昏暗的地方，嘴里还会叫着罗伯斯庇尔[2]的名字。“她的预言总是会成真，”她姐姐曾经说过，“坏事发生的时候，她能预感到。”

热月[3]的第九天夜里，我奶奶和她父亲以及这两姐妹一起坐在房间里。这四个人都很激动，激动地分析着白天发生的事情，

①《事情会好起来》：十八世纪末法国大革命时期产生的优秀的革命歌曲。

② 罗伯斯庇尔（1758—1794）：法国大革命时期重要的领袖人物，是雅各宾派政府的实际首脑之一。

③ 热月：法国资产阶级革命时期共和历的第十一月，相当于公历七月十九日到八月十七日。

努力预测接下来会发生什么事情。国家颁布了逮捕暴君的法令。他被带到了卢森堡，而门房拒绝接待他。于是暴君被送到了巴黎警察总署，然后被移交到布鲁塞尔市政厅。他现在还在那儿吗？他是个胆小鬼还是个目中无人的人呢？这四个人非常激动，以至于听不到任何声音。不久，亨利特的报信人匆匆地穿过大街。于是，这四个人坐下来开始等待，等待，回忆着过去的事情，交流着希望，分担着恐惧。

艾梅雷仍然沉默不语。突然，她发出一声尖叫。

现在已经是凌晨一点半了。她靠在一面镜子上，似乎看到了一些悲惨的画面。

“我看到他了，”她说，“我看到他了。天啦！他的脸那么苍白！嘴里吐出了鲜血！牙齿和下颚被打碎了！老天！这个曾经嗜他人血液的人，现在也会尝到自己的血。”用一种怪异的语调说完这些，她害怕地大哭了起来，往后倒下去。她因为狂喜而晕了过去。

就在那时，市政厅的议会罗伯斯庇尔被手枪击中下颚。法国的恐怖时期[①]终于结束了。

---

① 恐怖时期：又称雅各宾专政，指法国大革命时，1793 年 9 月至 1794 年 7 月间由罗伯斯庇尔领导的雅各宾派统治法国的时期。

我奶奶虽然是个自由思想家，但也相信这种预言。

你问我怎么解释这一切？听着，虽然我奶奶是个怀疑论者，但是她很相信魔鬼和黑妖怪。她小的时候，经常看降妖术。后来她才害怕魔鬼的。但那已经晚了，她还是被魔鬼抓住，不得不相信魔鬼的存在。

热月的第九天过后，兰德里大街的人们又恢复了包容的优点。我的奶奶对此感到很开心。她并非天生就仇恨革命者，她不敬佩他们，也不讨厌他们。她从未敬佩过任何人，除了我之外。奶奶从未将那些担惊受怕怪罪到这些人身上，也许唯一的原因就是他们从未吓到过她。主要的原因其实是我奶奶为人忠实，她经常说："一日入党，终生是党员。"

与此同时，丹格尔也开始在战役里开启了辉煌的事业。他带领他的部队在阿本斯堡打了个小规模的战役，被炮火击中，牺牲了。

我奶奶看《通报》[1] 的时候才知道自己成了寡妇。英勇无畏的丹格尔将军，戴着桂冠，下葬了。

---

① 通报：法国政府公报，创立于1789年，1799年发刊，1869年停刊。

“真不幸！”奶奶感叹道，“他长得这么好看。”第二年，她嫁给了司法部的首席办事员希波吕忒·诺齐埃尔先生。他是一位善良、开朗的男士。早上六点到九点钟，晚上五点到八点钟，他会吹笛子。奶奶的这段婚姻很完美。他们互相爱着对方。不再年轻了，所以他们能包容对方的缺点。卡罗琳女士会原谅希波吕忒先生不断的长笛声，而希波吕忒先生会包容卡罗琳女士的奇思怪想。他们过得很幸福。

我的爷爷诺齐埃尔写过《监狱的统计》一文。他一直被痛风折磨着，但疾病无法侵蚀他的思想。后来他痛得连吹长笛都放弃了。最后，我的爷爷痛风窒息去世。我没有见过他，但见过他的肖像，穿着蓝色的外套，头发像羊毛一样微卷，他的下巴被大大的领带遮住了。

“在我快要离世的时候，我应该感受到这个事情。”我奶奶八十岁的时候这样说。那时候她已经当了十五年的寡妇。

“夫人，祝你健康！”我们的一位老朋友说，“诺齐埃尔具备一位好丈夫的全部品德。”

“他有所有的品德，也有所有的缺点。”奶奶打趣地说道。

“要想成为一名好丈夫，一个男人必须有缺点！”

“千真万确!”我奶奶耸了耸肩说道，“他没有恶习，这就是他的缺点!”

我的奶奶逝世于 1853 年 7 月 4 日，享年八十一岁。

牙 齿

如果人们在背后所做的努力能像使自己出名所付出的努力那样，他们就能免去大堆的麻烦事儿。对于这条真理，我很早就体会到了个中真意。

那件事发生在一个下雨天。有人送了我一个礼物——一套左马驭者的衣服，包括帽子、鞭子、缰绳和铃铛。好多的铃铛！我给自己套上甲胄，我现在可是集很多身份于一身：左马驭者、马匹以及马车。我的道路是从厨房到客厅的那条过道。我会在桃花心木的那架餐具柜旁更换马匹，那个柜子就是我的白马餐厅。走廊充当大路，那里的风景时刻变换着，而且还会遇到意料之外的人。我所能活动的范围很狭窄，光线又暗，但是，我却玩得十分开心，好似面前有无限的视野。在这些我无比熟悉的墙内，我遇到了那些出乎意料的事情，而这正是旅行的魅力所在。那段日子里，我是一个伟大的魔术师。在一个下雨天，我在扮演左马驭者的时候，才拥有了表演魔术的技能。

我会魔术这个事实本应该让我感到很开心的，可是人向来是会满足的吗？我希望人们能看到我，我希望让他们大吃一惊，我希望让他们感到惊诧。如果没人崇拜的话，我的那些天鹅绒的帽子和铃铛就无用武之地了，就不能充分发挥价值了。于是，当我听到父亲和母亲在隔壁房间说话的时候，我飞快地冲了过去，发出巨大的噪声。父亲愣了几秒钟，怔怔地看着我，然后耸了耸肩说："孩子在家里无所事事，我们应该送他去学校。"

"可是，他还是个小孩子。"母亲说道。

"好吧，"父亲说，"我会送他跟小男孩们一起。"

我听明白了这些对话，可是接下来的话却没听明白。如果我能搞明白这里的一切的话，那也是因为从那之后我经常能听到这些对话。

"咱孩子没有兄弟姐妹。现在他总是沉浸在想象的世界里，这对他以后的成长不利。孤独甚至超过了想象，而且，我注意到他的脑中总是充满了奇思怪想。如果把他放到学校里，跟同龄的孩子打成一片，他会知道真实世界是什么样子的。他会从同伴的身上学到真正的人是什么样子。这些是从我和你身上没法学到的东西，因为他把我们当作了守护神。相反，学校里的同伴跟他是平等的关系。有些人会让他感到开心，他会学着跟他们相处；有些人让他感到不开心，也许他会跟他们打架。用这样的方式，他才能成长。”

“可是，亲爱的，你难道不担心有些孩子很调皮吗？”

“如果他够聪明的话，这些调皮捣蛋的孩子对他也是有好处的。”父亲回答说，“这样他才能学到如何区分好学生和坏学生。这也是知识的一个重要的组成部分。你可以先去看看我们附近有哪些学校，挑选一个学生的成长环境跟皮埃尔相似的学校。人性本无差异，但因为成长的环境不同，还是会出现不同的。几代人小心翼翼呵护的花朵都很脆弱，而这些花费了几个世纪所绽放的花朵，也许在几天的时间里就会枯萎凋零。没有受过教育的孩子会对我们孩子的成长带来负面的影响。绅士的想法是上帝的技能。高贵的方式是通过榜样作用学到的，这样会成为骨子里的东西。行为高贵比拥有高贵的名字更重要，因为前者是自然的东西，它的优雅在于它的专注。而后者的头衔就像百忙中人们所读的旧报纸似的头衔。”

“亲爱的，你说得太对了，”母亲说，“明天我就去看看学校。我会按照你说的做。我会确定学校的资金是否正常，因为资金问题会影响校长的思绪和情绪。亲爱的，你觉得女子学校怎么样?”

父亲对此并未作答。

“你觉得我的这个想法怎么样?”母亲又重问了一遍。

“这个问题我得考虑考虑。”父亲说。

父亲坐在卷盖式书桌旁边的摇椅上，几分钟的时间一直盯着一个小骨头看，那个骨头的一边是尖尖的，另一头被啃得坑坑洼洼的。父亲用手转动着骨头，头脑中肯定也在想着这个骨头。之后，即使所有的铃铛都响了，他还是忘了我的存在。我母亲斜靠着父亲椅子背后，她的思绪还停留在自己刚才的问题上。

医生给她看了那段丑的小骨头，说道：“这是生活在长毛象时代（冰河时代）的一个人的牙齿。这个人曾经赤裸着身体孤寂地居住在一个洞穴里。这个洞穴就在我们结婚后住了两年暑假的房子旁边。但是，多年以后的现在，那个地方尽管有一半被野生葡萄和麝香石竹遮盖，但那座白色的屋子还在。那两个月真是太开心了！那里有一架钢琴，你整天都在那儿弹着莫扎特的曲子，因为有你，所以那些长了翅膀的可爱的音乐从窗户飘了进来，将快乐带给山谷。要知道，那里的洞穴居住者可以听到的唯一声音就是虎啸了。

“这个男人什么都不知道，更不用谈害怕和饥饿了。他就跟一个残忍的野兽一样。他的前额很低。当他开始嚎叫的时候，眉毛的肌肉挤出了可怕的皱纹。他的牙齿凸在嘴外面。看这个，亲爱的，它又尖又长！

“这就是古代的人。但是，通过漫长而杰出的努力，人们所受的束缚越来越少，因此人也变得不那么凶残了。思考的习惯锻炼了大脑，人们的前额也越长越大。不需要撕裂生肉，因此，他的牙齿变得越来越短，他的颚骨也不那么突出。是的，人类的面容变得越来越美丽，那个女人的唇边绽放出一个笑容。”

这个时候，父亲亲吻了母亲的脸颊，母亲笑了。之后，父亲缓慢地举起洞穴人的牙齿，说道：“虽然过去的人，他们野蛮生活的遗迹——牙齿——在我手上，你的话还是让我思考了自己内心的东西。我敬重你，哦，我的祖先！我爱你！那些在深不可测的过去沉睡的人们，请接受我的感恩之情，接受我的敬意，我知道我欠你的东西。我知道有了你们的付出才有了我。真的，你们的思想不是未来，但你们的思想却是闪耀在黑暗灵魂里的智慧之光。你们是男人，一些模糊暗淡的想法推动你们前行，去获取人们眼中所认为的公平和美好。你们生活在苦难之中，但你们却并不无所作为。你们给了女人衣服，男人学会为美丽付出代价。”

这时，我父亲把史前的牙齿放到了书桌台上，他拥抱了母亲。然后他说道：“因此，对于这些祖先来说，我们受到了一切的恩惠，一切，包括爱。”

我觉得我应该摸一摸这个牙齿，它启发我父亲说出了很多我无法理解的话语。我走向书桌握住了它。但是，我的铃声响了，父亲转过头来对我说：“站着别动，任务还没有完成。如果轮到我们了，我们不努力使生活变得更好，不像古人那样为后代创造安定的环境，我们就不如穴居人那样慷慨大方。为了达到这个目标，有两件事情必不可少：知识和爱。因为世界是由知识和爱创造的。”

“亲爱的，这完全没有疑问，”母亲说，“但是，我想得越多就越觉得，像我们皮埃尔这么小的男孩应该由一个女士来照顾。我知道有一位叫勒福特的小姐。我明天会去找找她。”

与诗初相见

勒福特小姐在圣日耳曼郊区专门办了一所面向小孩子的学校。她同意收我为学生，每日上午十点至十二点，下午两点至四点我会去那儿学习。然而，我却对这所学校有一种无法言说的可怕的看法。保姆第一次拉着我去学校的时候，我几乎要放弃生存的希望了。

可是，一进入学校，我就被眼前的景象惊得目瞪口呆。宽敞的教室里有五六个女孩子，十几个小男孩，他们有说有笑，不时做着鬼脸，完全没有我的这种担忧。

除此之外，我还知道勒福特小姐总是愁容满面，蔚蓝色的眼睛里常常噙着泪花，嘴唇微启。她的面色苍白，卷发披散在脸颊两边，就像小溪旁下垂着的毫无生气的柳枝。很多时候，勒福特小姐总是两眼空洞地看着前方，好像沉浸于自己的梦中一样。

这位苦恼的大龄剩女毫无伤害性，这里的孩子们如此朝气蓬勃，这一切都让我感到信心满满。一想到还可以跟一堆小女孩一起玩耍，我连最后的一丝顾虑也不翼而飞了。

勒福特小姐给了我一个写字板和一支铅笔，然后安排我坐到一个跟我年纪相仿的小男孩旁边。那个小男孩有一双明亮的大眼睛，眼神很锐利。

“我叫方特内特。”他自我介绍说，“你叫什么名字？”

然后他又询问了我父亲的职业。我告诉他我父亲是一名医生。

“我父亲是一名律师，”方特内特说道，“我觉得我父亲更了不起。”

“为什么？”我问道。

“什么！你居然不知道为什么一名律师听上去很了不起？”

“我真的不知道。”

“你傻啊！”

方特内特头脑机智聪明。他建议我去养蚕，而且还向我展示了他自己一个人做的完美的乘法表。这让我对他的佩服之情进一步加深了。我自己只知道寓言故事。

那天当我要回家的时候，勒福特小姐给了我很高的评价，可是我却觉得这种评价并没什么实际的用处。我母亲说这世上一切荣誉所具备的特征就是它们完全缺乏实用性。母亲只想知道我第一天去学校上学都做了些什么事情。于是，我告诉她我一整天都只盯着勒福特小姐看。

听完我的话，她笑了。可是我说的都是实话啊。实际上，我常常会觉得生活是一种奇迹。更准确地说，我从来都不是一个遵守者，因为一个遵守者至少会有一个系统来指导自己，而我却没有这样的指导系统。而且，遵守者会选择自己的领域，而我却没有这样的领域。我生来就是一个观光者，迄今为止我一直坚信自己必须保持淳朴的外表，率直的性格，这些都是在小镇上长大的那些闲散的人所具备的特点，他们能够从一切事物中寻找到乐趣。当别人一直在思考“出人头地”的时候，他们仍然展示出孩童般不经意的好奇心。在所有我所遇到的奇观中，让我感到很讨厌的就是在剧院的舞台上所看到的那些景象。其实，跟勒福特小姐的学校上演的那些戏剧一样，真实生活中的戏剧给我带来了莫大的娱乐。

生活继续向前，我在上学的时候仍然盯着这个女教师看。老师是一个忧郁的人，这个看法是如此根深蒂固，以至于我要向方特内特询问，能不能告诉我为何她看上去如此悲伤。方特内特并没有给我任何答案，可是他也不想把老师的这种悲伤归咎于懊悔。他记得很久之前的某一天，曾经看到忧郁的勒福特老师脸上露出过欢喜的神情。那时她完全不讲公正，直接没收了方特内特那个黄杨木的陀螺，然后扭头就走，不听方特内特的抱怨，留下他在原地自顾自地发怒。她把恶劣学生的名号直接扣在了方特内特的头上。

在方特内特的大脑里，一个沾染上这种行为污点的人，就像那些永远跟快乐和安详说再见的人一样。然而，他列举的原因却没有说服我，我更倾向于另外一种情形。

可是，我要告诉你一个事实，那就是在勒福特小姐的课堂上思考可不是一件容易的事情，因为她的课堂上从始至终总是充斥着吵闹声。只要勒福特小姐的身影一消失在视线里，这些小学生们就开始了比赛谁的嗓门更高的游戏。我们经常会把教义问答集和面包屑扔向对方，整个教室里都是这些东西。教室里充斥着吵闹声。那些安静的孩子都是年纪最小的，他们坐在座位上，伸着舌头，眼睛盯着屋顶看，不时还露出平静的笑容。

突然，勒福特小姐进来了，带着一种好似睡梦中走路的人的神情来到这些争吵的孩子里，抓住某个无辜的小孩惩罚一下。然后，她又恢复了那一贯的忧郁神情。试着释放一个八岁小男生的思维吧，这个身处不可思议的喧闹声中的孩子，六周以来唯一做的事情就是在自己的写字板上写下下面的这行字：“无人注意之下，饥饿的马尔菲米特走向了坟墓。”

那就是我所做的事情。现在我还喜欢把头埋到手中收集我的想法。但这些想法中只有一条是有用的，那就是勒福特小姐的忧愁。我的脑海中总是萦绕着面容哀伤的女老师的样子。方特内特常常会给我讲一些稀奇古怪的故事，以此引起我的好奇。他说每天清晨，从勒福特门前经过的时候，总是能听到悲哀的叫声，期间夹杂着链子叮叮当当的声音。“我记得，”他继续说道，“很久之前，大约一个月前，勒福特老师给全班学生读了一个故事，大家都觉得那是诗歌里的故事，但是她却一直在低声抽泣着。”

我一直想着方特内特的故事中的一些疑点，而第二天发生的一件事情让我觉得这个故事并不全是想象出来的。至少目前为止，阅读的部分是真的。至于那些让方特内特吓得面色苍白的锁链声，我觉得那是现实生活中火钳发出的声音。

可是，这是第二天才发生的事情。勒福特小姐用一根尺子敲打着桌面让我们大家安静下来，然后用一种阴沉的声音说道：

“可怜的简!”

沉默了一会儿后，她又说道：“简尼是乡村少女中最美丽的。”

方特内特用胳膊肘推了我一下，然后大笑起来。勒福特小姐给了他一个愤怒的眼神，然后用比苦修的诗歌还忧郁的声音继续读那篇关于可怜的简的故事。我不确定，也许那个故事从头至尾都带有一个韵律，可是我只有在想起的时候才能讲出这个韵律。我相信诗歌的那些碎片会从我的散文中瞧出一丝身影。

奥斯瓦尔德是一个幸运的牧羊人的名字。现在所有的一切都准备就绪，就等待婚礼的早晨来临。简的伴娘们给她拿来了花环和面纱。啊！快乐的简！然而，天啦，她突然倒下去了。死亡那样的苍白布满了她的脸颊。奥斯瓦尔德从山上走了下来，快速来到她的身边，大叫了出来：“你不再属于我了吗?”可是简用虚弱缥缈的声音回答说：“亲爱的奥斯瓦尔德，永别了。我就快死去了。”

可怜的简！坟墓就是她的婚床，而村庄里教堂的鸣钟本来是为她婚礼而响的，现在却是为她的葬礼而鸣。

这个故事所包含的词汇有很多我都是第一次听到，所以不能理解它们的意思。可是整首诗歌给我的感受却是悲伤中带着美好。我全神贯注地听着，感受到一种从未感受过的战栗。忧郁所特有的魅力席卷全身，大约有三十行的诗行，它们的字面意思我还完全不能解释出来。可是，除了年迈之外，一个人只需要去感受，没必要费心去理解话语的意思。模模糊糊也会给人带来感动，毫无疑问，这个年轻的思想从这些无法定义的诗歌中找寻到了快乐。我那颗忧愁的心，由衷地感动起来。这一次，不管方特内特如何做鬼脸还是戏弄我，都无法让我停止抽泣。那时，我毫不怀疑方特内特的优秀。后来他成为国家的副部长，我才开始想到这一点。

在看到勒福特小姐的时候，我又开始泪流不止了。她把我叫过去，然后对我说："皮埃尔·诺齐埃尔，你一直在哭。这是十字勋章。这些诗都是我的作品。我有一大本笔记本，上面全是跟这些一样美丽的诗句，可是直到现在我还没有找到一家出版社出版它们。那是不是很糟糕的一件事，哦，不，是一件不合理的事情？"

"哦！女士！"我说，"我很伤心。直到现在我才知道你悲伤的原因。你热爱那个在小村庄过世的年轻女孩——简，因为你脑海中总是想着她。你是如此忧伤，所以没有心思注意到课堂上发生的事情。”

不幸的是，我的这些话语让她不开心，因为此刻她正愤怒地看着我，说道：“简只是小说里的一个人物。你个小傻瓜。把勋章还给我，然后回你自己的座位。”

我抽泣着回到了自己的座位上。这一次，我是因自己而哭。我承认这些眼泪并没有简的故事给我的感受那么甜美。还有另外一件事情加深了我的悲伤，那就是我根本就不知道小说是什么东西。方特内特这回是跟我一样，也不知道。

我回家后亲口问了母亲小说是什么。

“小说，”她回答道，“小说是一个谎言。”

“哦！妈妈！”我说，“真可惜，简的故事原来是个谎言。”

“简？哪个简？”妈妈问我。

“简是村庄里最美丽的女孩。”我回忆着故事里的情节说道。

母亲不再说话，但是我听到她跟父亲的耳语：“我们孩子在学校里都被教了些什么乱七八糟的东西！”

“确实是些乱七八糟的东西。”父亲表示同意，“可是，你还期待一个老姑娘能教出什么东西呢？我有一套教学系统，哪天跟你详细解释一下。根据这个系统，我们应该把像我们皮埃尔这个年纪的小孩子像动物一样来教育，让他们根据喜好和智慧来模仿。皮埃尔能够理解狗的忠诚，大象的无私，还有猴子的诡计多端。这才是老师应该教给孩子的知识，而不是这种乡村故事里的简。这些钟声对他没什么用处。”

“你说得对，”母亲接着说，“孩子和动物都能很好地理解对方。他们都亲近大自然。但是，亲爱的，孩子们应该不只要懂得猴子和它们的伎俩，我的意思是要做出伟人的壮举。即使是对一个孩子而言，英雄主义就像日光那样常见。如果我们告诉皮埃尔一些英雄的故事，他会跟我和你一样理解的。”

“天啦！”我父亲叹了口气说，“我相信不同的人对英雄事迹的性质有不同的看法。这些英雄事迹里人物的年纪、所处的地方都不一样，可这些并不重要。在自我牺牲的行为中最重要的是牺牲。尽管我们为之而牺牲的东西也许是一个幻象，但是牺牲本身是真实存在的。这种真实存在是对一个人道德最好的装饰。亲爱的，你那种自然的大度让你比我更能理解这些真理。我会把这些加到教育体系里去。”

这就是医生父亲跟母亲讨论的话题。

一周之后，在教室的喧闹声中，我最后一次在自己的写字板上写下这些话：“在无人注意之下，饥饿的马尔菲米特走向了坟墓。”

方特内特和我同一天从勒福特小姐的学校退学了。

条顿[1]国王

一个幼时在巴黎海边度过的人，本应该培养出一些普通的思维观点，但这条于我而言似乎不可行。在那些海边的码头上，可以眺望远方的卢浮宫，可以欣赏到塞纳河从古老的巴黎那些林立的高塔和塔楼间川流而过。从格温拿娜街到贝克街，鳞次栉比的书店、古玩店，以及打印店，为人们带来各种艺术形式的盛宴，展现最令人感到惊奇的古代遗迹。带着淡淡的优雅，透出漫画式的混乱，每一个商店的橱窗都是对眼睛和思想的诱惑。任何人以观光的眼光来看它们，都会思绪纷飞，就像一只小鸟衔着筑巢用的小撮稻草飞过。

那里有树，那里有书，那里还有来来往往的女士，世界上再没有比那还好的地方了。

在我孩提时代，这座古玩市场到处都摆放着古老的家具，字

① 条顿：古代日耳曼人的一个分支，公元前四世纪时大致分布在易北河下游的沿海地带。

画，书籍，雕刻的桌子，瓷器罐子，玛瑙，彩色陶器，织锦画，用金色装饰的书，还有许多摩洛哥皮的东西。这些令人愉快的商品都随意展示出来，以吸引那些懂行不挑剔的收藏者的注意力。这些收藏者对股票经纪人和女演员的竞争已经习以为常。他们对方特内特和我也很熟悉，那时的我们还穿着白领衬衫，短灯笼裤子和短袜子。

方特内特以前住在博纳帕特街角那儿。他父亲拥有一间自己的工作室。我父母住的地方跟祈迈酒店的侧厅毗邻。方特内特和我是朋友。只要一有假期，我们俩就会相约一起沿着伏尔泰港湾去杜伊勒利花园玩。一路上，我们手里拿着铁环，夹克口袋里还揣着弹丸。我们会像年迈的绅士那样盯着商店的橱窗看。对那些从过去流传至今的奇奇怪怪的物品品评一番——那些暗淡又神秘的过往。

啊！我们闲庭信步地走着，不时去书摊上逛一逛，好像两个艺术鉴赏家那样，不时掂量一下书的印刷质量。

所有的东西对我们都如此具有吸引力，但我得承认，方特内特不似我那样看重这些古老的东西。他常常嘲笑那些中世纪的盘子或者没了鼻子的那些神圣的主教。即使在这些日子，方特内特还是那个富有进取精神、一往无前的家伙，就跟现在你在议会听到他演讲时一样。他的不虔诚曾让我后背发凉。我不喜欢他口中对我们祖先肖像的称呼。我是个传统守旧的人，体内保有传统文化的基因。我的人生哲学让我喜爱上古树和城市的蕴藏。

我跟方特内特另一个不同点就是：我对自己未知的东西总是怀有敬畏之心。我以前痴迷于玄学的书籍，那时候，几乎一切东西对我来说都很神秘。而方特内特则跟我不一样，他只会喜欢自己熟悉的事物。“看见没?”他总这么对我说，“那里有个铰链，开着了。”又或者是：“看那个螺丝松了。”方特内特的思维很平衡，他想的比我们都高一级。我得加一句，他看到一幅关于战争的画会变得格外激动。那幅战争画真的让他很感动。我们俩深深沉迷在武器店的物什里。有一天，我们看到了佩缇特先生，他周围放着长矛，身穿铠甲，腰间围着绿色的围裙，一瘸一拐地往店里另一头走，去拿一把古老的宝剑。他要拿过来，放在工作台上，修理一下，擦干净剑刃，修补一下剑柄。然后，我们意识到自己正在见证一个伟大的场景。佩缇特先生似乎在我们上面一百肘尺①

① 肘尺：古代的一种长度测量单位，以前等于从中指指尖到肘的前臂长度，或约等于17至22英寸。

的地方，我们崇敬得说不出话来，整张脸都盯着窗户看。方特内特黑色的眼睛闪耀着光芒，黑乎乎的小脸上闪烁着激动的神色。

那天晚上看到的景象，即便是以后回忆起来，也足以令我们激动不已，而那时我们脑海中浮现出无数鼓舞人心的计划。

"想象一下，"方特内特说，"想象一下我们弄到一些包裹巧克力的锡纸，用它来做一些像佩提特先生店里的武器。"

绝对的好主意！但现实并不如我们的想象那样美好。我做了一顶头盔，方特内特觉得这是一顶男巫的帽子。

于是我说："我们开个博物馆吧！"

这个想法又让我们兴奋了很久，但那时我们能放到博物馆里的东西只有五十多个弹珠和十几个陀螺之类的东西而已。

在这种情况下，方特内特提出了第三个计划："要不我们来创作法国历史吧？"他激动地喊道，"我们可以写五十卷，把所有的细节都写出来。"

这个提议真正让我着迷。我鼓着掌，激动地大叫起来。我们约好第二天就开始行动，虽然第二天起床后我们还要看一页彼特拉克[①]的作品。

“所有的细节!”方特内特又说了一遍，“我们必须把所有的细节都写出来。”

这也是我的想法，我们得写出所有的细节。

我们得上床睡觉了，但一想到我们要写五十卷详细的法国历史，这么崇高的事情让我又兴奋了一刻钟。

是的，我们开始了历史写作。这一生我都不知道我们为何要从条顿国王开篇，可是我们的计划需要他。我们的第一章节让我们可以对话条顿国王。他身高三十尺，你可以从偶然发掘的他的骨头尺寸推算出他的身高。起初就写这个巨人真是件不可思议的事。但过程却是可怕的，就连方特内特都感到吃惊。

“我们最好跳过古老的条顿国王。”他说道。

可是我不敢。

五十卷的法国历史止步于条顿国王。

天啦！我这辈子做过多少写书的尝试。在着手写一部伟大作

① 彼特拉克（1304—1374）：意大利学者，诗人。

品的时候，我多少次都被条顿国王吓倒。现在我想想也要感谢这些条顿国王，他们阻止了我踏上光荣的危险路途，让我注意到下面这两个忠诚的监护者：晦涩和平庸。它们对我而言很和善，它们喜欢我。我也得回报它们。

至于方特内特，我的密友方特内特，他很开心，经常肆无忌惮地炫耀自己在条顿国王中穿梭。他现在是一名律师，潜水者公司的主管，也是新兵的代表。如果我身处他的位置的话，我肯定不会三番五次地提及此事。

阿比·朱巴尔的威望

出于内心溢满的敬畏与自豪之情，我才有勇气在第八街的下区进行我的首次表演。

阿比·朱巴尔教授本人并不是一个难对付的人。这个老师，你一眼看去并不觉得他严厉。实际上，他外表极具女性的特质。但是，他的座位是一个黑色的大高椅子，这种椅子让我觉得他非常可敬。朱巴尔教授的声音温柔，言语温和。他有一头卷发，白皙的双手，性格和蔼可亲。整个人像一只绵羊，这甚至比他教授的身份更像。

有一天，我的母亲在一家小店里遇到了朱巴尔教授，她轻声细语地感慨："他非常年轻。"说这句话的时候，母亲的脸上透出一种笃定的神情。

当我发现自己能抑制对他的尊敬之情时，我才成功地不再害怕他。这种情况是在我重复我的"准备好了"时出现的。

在表演的时候，我一口气把所有的台词都说出来了，好似它们是由一个词语构成的。

“法拉蒙德[1]是当时法国的国王克洛迪昂和墨洛温。”

然后我停顿了一会儿，又重复了三遍：墨洛温，墨洛温，墨洛温。这种节奏跟无用的魅力相结合，让我想起当墨洛温戴上王冠时，鲁特斯得救了……但是从哪儿来？对我而言很难讲出来，因为这些早已从我的记忆中褪去了色彩。实话实说，我对这些事情的印象并不深刻。我只依稀记得鲁特斯是一位年迈的女士。我很高兴有人救了她。但是，整件事情而言，我对她的故事兴趣不大。可是，朱巴尔先生却表现得很焦虑，这样我就得来说说鲁特斯是如何获救的。我继续结结巴巴地说道：“额……额……墨洛温！……额…额……”如果这就是第八街区的风俗，我会说：“我放弃！”方特内特不断地揶揄我，朱巴尔先生则开始修剪他的指甲。

最后，他开口提醒我：“当你忘词的时候，除了像之前那样停顿一下，还可以自己编一点东西，可以说：‘鲁特斯获救了。’或者，‘最终，鲁特斯被救了。’你可以改变一下自己的描述词。”

① 法拉蒙德：约 410 年—426 年在位，法兰克人早期的首领。

我得了一个很差的分数。但是，朱巴尔先生在我的眼中还是很有威望的，这都归功于他诗人般的魅力。再后来他的威望就更大了。

朱巴尔先生从未忽视我们教育中的道德和宗教教育，尽管他的才华让他更接近诺贝尔奖和阿贝·高蒂尔的法国历史。

有一天，具体的原因我已经记不清楚了，他突然很严肃地说："儿子们，如果你们有幸能招待好一名国家部长，那时你就会紧张自己家的礼数是否能够招待周到，因为部长是国家主权的代表。那么，对于上帝在地球上的代表——牧师，我们就更要敬重了。因为上帝凌驾于帝王之上，所以牧师的地位就比部长高。"

我可从来没有招待过哪位部长大人，而且我也从未想过这事儿。我很清楚，如果哪位部长正好来我们家，我妈妈肯定会把我赶到仆人那一桌吃饭。我不得不承认，当我们家有晚宴的时候，她总是这么对我。然而，我完全能理解牧师是一个神圣的受人尊敬的等级，因此如果把我的这种根深蒂固的观点应用到朱巴尔先生身上，这让我变得很矛盾。我记起来自己曾经在方特内特的后背上贴过跳舞的杰克图。那是一件可以做的事情吗？如果一个部长恰巧在那儿的话，我还能这么做吗？当然不能。

现在，我已经完全觉悟了，内心被巨大的后悔所侵占。于是，我下定决心开始崇拜朱巴尔先生。我再也不在课堂上把石子扔到方特内特的脖子里，我再也不会在朱巴尔先生的椅子上画图。

不久之后发生了一件事，让我领略了阿贝·朱巴尔先生的精神的伟大之处。

那时我跟两三个其他的男生在教堂里等待做忏悔。夜晚的黑暗逐渐笼罩了世界，弯曲的圆顶上方一片漆黑，只有星光点缀其中，与教堂摇曳的灯光相伴。在唱诗班的另一端，圣母的彩绘雕塑似乎漂浮在昏暗的光线中，看上去缥缈得十分不真实。教堂里满是镀金的花瓶，空气里弥漫了花香。愈来愈浓的夜色中，无数的物品在闪着光。即使是孩子们身上常犯的疾病——厌倦——也变得可敬。在我看来，教堂另一边似乎就是天堂。

天变得越来越黑。突然我看到了阿贝·朱巴尔先生，他手里提着一个灯笼沿着走廊往唱诗班那儿走过去。他做了一个屈膝的动作，然后打开了教堂的大门，沿着台阶走上圣坛。我仔细地看着。只见他打开了一个包裹，拿出一些人造的花环，那是旧时女士们喜欢在七月里叫卖的樱桃花束。我感到很好奇，因为我看到我的导师靠近了被祝福的圣母的圣坛。我看着你，阿贝·朱巴尔先生，我看着你用手指挑了一些锡钉放到了嘴里。有那么一刻，我害怕你会吞下它们。后来的事实证明你只是为了方便拿而已。然后我看到你把那些花环钉在收祝福的圣母壁龛周围。整个过程中你时不时地下来看看，以确保自己的花环摆得很正。你的脸颊发着光，眼睛里也闪烁着光芒。如果不是你嘴里含着锡钉的话，也许你会微笑。我满心敬佩地看着你。尽管地上的灯把你的鼻孔渲染出一种漫画的效果，但我依然确定你给人一种庄严的感觉。那时我想起一件事，你引导我们推论出精巧的演讲，当时你比国家的部长们还要激动。在我看来，就像穿着闪闪发光的军装一路向北获得胜利，跨上白色的战马，这些都比不上你把花环挂到教堂的墙上所得到的收获。我觉得我的工作就是去模仿你，于是那天晚上回家后，我就开始模仿你。我找到了所有能找到的纸，用母亲的剪刀把它们剪成了条状，做成了一个花环。我的家庭作业因此受到了影响，法语语法练习还没做完。这些练习的问题是从一个叫康科姆波特先生的手册里摘选的。那是一本可怕的书，当然，我对作者并无恶意，如果他能少弄点让人头疼的姓氏，我会很大度地忘记他。但是，你不可能忘记康科姆波特的名字！我希望能够表达我的震惊之情，为了学习母语，一个人不得不做这些让人痛苦的练习。事实上，我可以跟着我母亲学得很好，仅仅只要听她说而已。因为我的母亲说话很好听！

但是阿贝·朱巴尔先生认为没有人比康科姆波特更好，我没有说服他，于是他给了我一个很差的分数。学校的生活风平浪静地过去了。方特内特走进来，在课桌里养毛毛虫。虽然我很讨厌这些，但为了不被方特内特超过，我跟他一样也养了毛毛虫。现在方特内特也讨厌康科姆波特，这种感情成了我们之间团结的纽带。只要一提到“康科姆波特”的名字，我们就会用痛苦的表情来互相交换眼神。这就是我们发泄不满情绪的方式。方特内特告诉我，如果他们到八年级的时候还继续让我们做康科姆波特练习题，他就会逃跑，去班轮上找个舱室服务员的工作。我赞同这个想法，我跟方特内特保证会跟他共进退。我们以永恒的友谊起誓。

当演讲日来临时，你肯定分不清方特内特和我。你不能区分我们，也许因为我们梳了头发。我们穿着崭新的夹克衫和白裤子，粗毛织物，亲密的关系以及点缀着的鲜花，所有这些都让我充满期待。书籍和王冠发出了闪亮的光，我带着焦灼的心情，想看到我能不能把自己的感情表达出来。坐在位子上的时候，我感到自己在颤抖。方特内特更加感性。他对未来没有做过多探索。实际上，他保持着超乎常人的冷静，扭头看着各个方向。他注意到爸爸们那些可笑的鼻子，妈妈们戴的可笑的帽子。

乐队奏起了音乐，校长穿着带有典礼披肩的黑色法衣，来到讲台上。一个穿着制服的主任和所有的教授都陪着他。我认出了他们所有的人。他们根据等级依次在主任后面入座。首先是副校长，接着是高年级的教授，然后是音乐老师苏维，写作老师特鲁永，体育指导员莫林。阿贝·朱巴尔先生坐在最后面一个小凳子上。那个凳子只有三条腿在台上，第四条腿对应的地毯上还有一个洞。即使是这样寒酸的地方，阿贝·朱巴尔先生的光芒也并未被掩藏很久。新生们来了，他被挤到一个角落里，消失在一面旗帜后面。然后，某个人在他的座位上面放了一张桌子。方特内特完全被这最后一段插曲逗乐了，我则完全震惊了，这样一位对于花和诗歌有研究的伟大权威人士，这样一位上帝在人间的代表，被遗落在角落里，好像他就是一根棍子或一把雨伞一样。

丰塔内的帽子

每个周六，我们都会去忏悔祷告。如果有人告诉我为什么要去忏悔，那么我会很开心。一方面我很尊敬这种仪式，另一方面又觉得它们很无聊。我不相信那些为我们指导的牧师真有兴趣听我们忏悔自己的过错。把这些罪过和错误讲给他们听，对我自己来说也很难受。对我而言，第一个难处是要先找到自己的过错。

我跟你们说，我十岁的时候并没有这种能力——能够理性地观察内心世界并分析它。大家也许会相信我所说的话。

我认为一个人必须要有罪过才能去忏悔，没有犯罪就没有必要忏悔。虽然，有人给过我一本书，那里列举出了人们会犯的所有罪过。我只要从那些罪过里挑一条讲讲就好了。但是选择本身也是一件难事。

那本书里列出的罪过包含了小偷小摸、买卖圣物、渎职和亵渎神灵、私通以及贪欲，对这些罪过我一段时间以来都无法理解。在这本书里我读过这样的一句话：“我曾绝望，我有罪……

我听到过不好的谈话，我有罪。”诸如此类的忏悔，我还是可以列几条出来的。

所以我去做忏悔的时候，通常只能说说自己的不专心。我做弥撒时会分心，吃饭的时候也会分心，就连聚会的时候也会分心。虽然我承认这一切需要忏悔，但我的良心却一片空白，为此我感到十分惭愧。

我为自己没有犯过罪而感到惭愧。

直到某一天，我想到了同学丰塔内的鸭舌帽。天啦！我终于找到了自己的罪过，这样我就能得到救赎了。

从那天起，每个星期六我都会去牧师那里忏悔，卸下那顶鸭舌帽给我带来的重压。

每周六的那几分钟忏悔时间里，这顶鸭舌帽都让我感到很忧虑，害怕自己的灵魂得不到救赎。因为，这顶鸭舌帽表明我损害了他人的财产。我把它装满沙子，扔到了树上，后来又用石头把它打了下来。有时候我用它来擦黑板，有时我会把它扔到地窖里去。可待我放学后，聪明的丰塔内总是能找到被我折磨得脏兮兮的帽子。

我觉得冥冥之中一定有一位仙女在守护着这顶帽子。因为每每第二天早晨，这顶帽子总是又戴在丰塔内的头上，看上去那么干净合适，甚至可以说很优雅。每天都如此。这个仙女就是丰塔内的姐姐。从这一点来看，她确实是一个好主妇。

有几次，我跪在牧师脚下忏悔，此刻，由于的我所作所为，丰塔内的鸭舌帽正沉没在院子里的池塘深处。这时我的处境有点微妙。

到底是什么情感让我反感这顶帽子？

是仇恨。

丰塔内的事情一直折磨着我，原因在于我的书包样式很老很古怪。这个包包是我省吃俭用的叔叔攒钱送我的，它给我带来了厄运。这个书包的尺寸对我而言太大了，另外，它也不像一个书包，因为它自己本来就不是书包。

这个公文包让我讨厌，事实上不无道理。不过，现在我认为，它还没有丑到让我接受侮辱的程度。这个包用红色的摩洛哥皮制成，四周镶着金色的花边，铜锁上有一种环形的饰物和撕破的纹章。包包的里子是一块褪了色的蓝色丝绸。如果它是个好东西的话，我一定会仔细地观察它。我认为那个大概是王冠的环形饰物，那个纹章，上面还可以看到三朵没有被小折刀全部刮掉的百合花。我现在怀疑这个包包极有可能来自路易十六的一位大臣之手。

然而，丰塔内绝不会考虑到我这个书包的过去，所以一看我没有看着书包，就向它投掷雪球或七叶树的果实，这些攻击我书包的子弹是随季节而定的，而橡皮子弹是一年到头不变的武器。

实际上，包括丰塔内本人在内，我的同学们都觉得我的书包样子古怪。正因为它与众不同，所以给我带来了这一切的麻烦。孩提时代，总是希望人人平等，他们无法接受任何的差异之处。我叔叔送给我这件礼物时，他并没有考虑到这一点。丰塔内的书包样子也很丑，他的两个哥哥先后把它在学校的椅子上拖来拖去，因此这个书包已经脏得不能再脏了。它的皮面出现了破裂，带扣也丢了，绳子也换了。可是，因为它很普通，没有特别的地方，所以丰塔内从没遇到过麻烦，没被别人欺负过。而我呢？当我背着自己的公文包踏进学校大门的时候，我就被一片嘘声弄得精神崩溃了。同学们围着我，推来推去，我被撞得趴到地上。丰塔内把我现在的这个样子称作乌龟王八，并且会骑在我的后背上。虽然他并不重，但是我却觉得自己受到了侮辱。当我站起来后，我就扑向了他的鸭舌帽。

他的鸭舌帽一直都是崭新的样子，而我的书包也牢不可破。天啦！我们两个就被一种无情的命运联系在一起，互相敌视着对方。

德西乌斯·慕斯最后之言

这天清晨，我沿着码头散步闲逛到书摊前，在一个便士盒子里偶然看到一本单册卷的李维[①]文集。于是，我拿到手上，悠闲地翻阅起来，读到下面的这段话："在夜幕的掩护下，罗马军队的余兵向阿普利亚北部的卡努西亚行进。"这段话让我想到了肖泰尔先生。现在当我的思绪再次想到肖泰尔先生时，我还处在发愣的状态中。直到吃午饭的时候，我还在想着肖泰尔先生，嘴角还不自觉地浮现着一抹微笑，脑海中的思绪问我为什么如此开心。

"我亲爱的孩子，原因就是，"我回答道，"原因就是肖泰尔先生让我感到开心。"

"谁是肖泰尔先生？就是他惹得你连连发笑的吗？"脑海里的思绪问我。

① 李维（公元前59—公元17）：罗马历史学家。

“听我慢慢道来，”我说，“如果你觉得我讲的事情无聊透顶的话，好歹也假装听一下，不要让我觉得自己是个喋喋不休胡言乱语的人。

“那时我才十四岁，上三年级，教我的教授名字叫肖泰尔。他面色红润，颇像年迈的僧侣。其实，他就是个老和尚！

“肖泰尔修士绝对算得上是圣弗朗西斯派最温和的那群人之一。1830 年，他毅然决然脱掉了僧侣服装，换上大学老师的衣服。然而，还俗后的他却总是扮演不好这个角色。

“肖泰尔修士为什么会这样做？有人猜测他是因为爱才如此，也有人说他是因为恐惧才如此。在经历了七月三天的光辉日子之后，为了阻止他的受害者犯下诸如虐待托钵修会修士之类的滔天罪行，肖泰尔修士翻过了修道院的围墙。

“那位修士也是这里的一分子。他取得了学位，然后开始教学。他的生活殷实，活的时间很长。当我和伙伴们跟着他受他管教的时候，他的头发已经开始变白，脸颊也开始发胖，鼻子红彤彤的。

“真是个战斗力强的老师！你应该看到过他的样子，手中拿着书本，将布鲁图[①]的军队指挥到菲利皮[②]。勇气可嘉！令人敬佩！气贯长虹！他选择在适合自己的时间成为英雄，而那个时间并不是现在。在现实生活中，肖泰尔先生看上去显然是一个紧张又胆小的男人，他极易受惊。

“他害怕盗贼，他害怕狗，他害怕打雷，他害怕马车。实际上，他害怕任何能够让一个老实巴交的人躲藏起来的东西。躲避着的时候，他可以抵抗无论来自远方还是近处的伤害。

“是的，只有他的身体才跟我们生活在一起，而他的思想还在暗淡模糊的遥远过去。他战斗过，他死去了，这是人最有价值的存在。他站在西米斯托可斯[③]的船舰上，驶向萨拉米斯[④]岛海

① 布鲁图·马库斯·朱尼厄斯（85？—42）：古罗马的政治家和将军，图谋暗杀恺撒。在后来与马克·安东尼和屋大维的争权战中，在菲利皮战役中失利并自杀。

② 菲利皮：希腊马其顿中北部的古镇，濒临爱琴海。公元前 42 年，安东尼和渥大维在此决定性地打败了布鲁图。

③ 西米斯托可斯：雅典人建立海军后，他领导新航队在塞拉米斯战役中（公元前 480 年）战胜波斯人。

④ 萨拉米斯岛：希腊雅典以东的萨尔尼科湾岛屿。公元前 480 年在发生于该岛东北沿岸附近的一次重大海战中，西米斯托可斯率领希腊人打败波斯舰队。

域。他跟保卢斯并肩作战，对付坎尼[①]。浑身是血的他掉入特拉西梅诺湖[②]。许多年后，一个渔民在此水域下渔网，才把他当罗马骑士时戴的戒指打捞上来。在法萨卢斯[③]，他与恺撒和众神对抗。处于海西森林中时，他对着瓦卢斯[④]的尸体挥舞炫耀着身上的各种烙印。瓦卢斯是一位著名的战士！虽然他决心将一生都奉献给伊哥斯波塔米[⑤]的河畔；虽然他引以为傲的决心是在被围住的努曼提亚（西班牙北部古城）备尝自由和死亡的滋味，但是，肖泰尔先生无论如何都不会跟一群诡计多端的船长同谋，干那些最背信弃义的勾当。

“其中一个战略需要特殊的关注，这是肖泰尔先生在评论艾利安作品的一页时提出的，那时敌方的军队受到诱惑进入了狭窄

---

① 坎尼：意大利东南部的一个古老的城镇，公元前 216 年迦太基人在汉尼拔的率领下在此击败罗马人。

② 特拉西梅诺湖：意大利中部的一个湖泊，位于佩鲁贾西部。公元前 217 年汉尼拔在此击败了一支罗马军队。

③ 法萨卢斯：希腊东北部的萨塞利古城，公元前 48 年，裘力斯·恺撒曾于此决定性地打败了庞培。

④ 瓦卢斯：条顿堡森林战役中的罗马指挥官。

⑤ 伊哥斯波塔米：色雷斯南部的小河及古老城镇，位于现在的土耳其西部。公元前 405 年在此河口爆发了伯罗奔尼撒战争的最后一战，在此战役中来山得以及斯巴达人击败了雅典舰队。

的峡谷，被巨大的石块制服了。

“他没有继续告诉我们地方力量是否经常被困在这种令人迷惑的策略中。但是让我来讲讲肖泰尔先生经常给学生们讲的那些军事策略。

“不管是让我们写拉丁作文或法语作文，都是关于战阵、包围、赎罪和安抚典礼的。当他给出正确版本的叙述时，他会通过绝佳的口才表演出来。不管是用法语还是拉丁语，他的语言和表述都会充满战争的激情。有时他不得不打断自己的思路，来批判一下。可是他的课程还是保持着英雄式的风格，即使是被这些不光彩的事情所占据了。因此，有时他就像一位赞颂他军队的执政官，有时又像一个分配任务的校长，不管怎样，总会用一种宏伟的声音说话，这让他的学生们感到很迷惑，分不清到底是校长在讲话还是执政官在讲话。有一天，他终于突破了自己，给我们表演了一场真正的无与伦比的演讲。我们所有人的心都被这场演讲吸引了，我一字不漏地全都记录在笔记本上。”

正如我过去所听到、现在所听到的那样，肖泰尔先生毫不做作的声音一直回荡在我的耳中，他用庄严和肃穆的音调讲述德西乌斯·慕斯的最后之言。

“做好了牺牲自己的准备，把性命交给阎王爷，就在他把马刺刺进坐骑的侧面之前，德西乌斯·慕斯最后一次对他的战友挥动手臂，说道：‘……’除非你们都能保持比现在还安静的时候，我是指整个班级。‘为了我们的国家，我会活成永恒。即使前有深渊等待着我，我也会为共和国奉献生命。’方特内特，你一会儿罚抄十页的基础学科内容。‘因此，他的智慧授予给了永恒之城的保卫者丘比特。’诺齐埃尔，如果你再把作业传给方特内特抄的话，我会给你父亲写信。‘为了共和国，任何人都可以奉献出自己的生命。羡慕我吧，请不要为我哭泣。’诺齐埃尔，有什么可笑的地方，你星期三留堂。‘我将成为你们的榜样。’这个笑声我无法忍受，我会告诉校长你们的所作所为。‘在我看向北方的极乐世界时，我看到了英雄们的居所，共和国的人们会在我的雕塑下摆上花束。’

“在这些日子里，有很多同事笑了。我在听《德西乌斯·慕斯最后之言》的演讲时笑了。在给我们带来这么大的欢乐后，肖泰尔先生评论说莫名其妙的笑是无礼的。我把头埋到字典里，对这个世界充耳不闻。那些十五岁的男孩，当他们听到无能的时候就像被冰雹击中了一样，会忽略掉生命的奢侈。”

可是我的能力不能限制在为整个班级表演这种可笑的东西上。我是一个足够优秀的人文学者，对很多高尚的极具吸引力的贝拉的信感兴趣。

在那些日子里，我特别喜欢拉丁和法语的风格，即使很多同辈的人劝阻我，我到现在还是很喜欢。就像人们通常遇到的那样，人们所珍惜的信仰通常都被认为是不充分的尊敬。也许我被一种徒劳无益又愚蠢的东西迷恋。我一直保持着对文学的信仰，我还是经典的坚强拥护者。请叫我贵族，请叫我官员。我仍然相信六七年的文学文化会渗透到思想中，如果能够做好恰当的准备的话。

对我而言，索福克勒斯[①]和维吉尔给我带来了纯粹的乐趣。肖泰尔先生和历史学家李维给了我伟大的梦想！孩子的想象是奇特的东西，这些淘气鬼脑袋里拥有伟大的宏图。如果不逗我笑的话，肖泰尔先生通常会给我很愉悦的启发。

每次我听到他用一种讲道台的口吻一字一句地道来：“在夜幕的掩护下，罗马军队的余兵向阿普利亚北部的卡努西亚行进。”

① 索福克勒斯（前 496? —前 406）：希腊悲剧作家。

我都会看到一个缄默的主持人在空空的月光笼罩的国家踽踽前行，沿着两旁分布着坟墓的道路前行，他们苍白的脸庞上满是血迹和尘埃，他们头盔上布满凹痕，他们的胸铠被磨损得失去了光泽，他们的剑柄也损坏了。这种似鬼魅般的队伍逐渐跟月色融为一体，透出如此庄严、如此肃穆、如此悲恸、如此宏伟的气势。我的心脏因为悲伤和敬仰而跳动不已。

人文学科

现在，我想跟大家讲述每年秋季变幻不定的天空，入秋后头几顿灯光下的晚餐，在簌簌抖动的树枝上逐渐变黄的叶子所引发的回忆；现在，我想跟大家讲述我在十月初穿过卢森堡公园时看到的情景。那时天气萧索，却又不同以往，树叶一片片地落在公园里雕塑的肩膀上。

当时，我在公园里看到一个小家伙，他双手插在口袋里，背着书包，像麻雀那样蹦蹦跳跳地去上学。其实，这一切都只是我的想象，因为这个小家伙正是二十五年前的“我”。我对这个小家伙很感兴趣。当他存在的时候，我对他一点也不关心，如今他不在了，我却非常喜爱他。总而言之，他比我在丧失如今之“我”后，成为其他的那个“我”更有意义。那个小家伙冒冒失失的，为人却不坏。他没有给我带来任何不好的回忆。我所失去的只是一个天真无邪的孩子，所以我怀念他，会在想象中看到他，会在大脑中回忆他。

二十五年前，在同样的时间，他也穿过这个美丽的公园去上学。学校开学了，他很紧张。

他的步伐很快。他的书包里装着课本，口袋里还放着一个陀螺。一想到能见到同学，喜悦之情就跃上他的心头。他得跟同学说多少故事啊！拉伯里约特同学有没有去莱格勒的森林打猎？他自己还去了奥佛涅山区骑马呢！一个人做了这些事情，可是瞒不住的，别人迟早会知道。再说，跟小伙伴们重逢是多有趣的一件事情啊！他迫切地想看到自己的朋友丰塔内，善意地嘲笑他胖得跟老鼠似的。他期待见到那个聪慧的朋友——丰塔内！

一想到马上要见到丰塔内，他就感到无比轻快。在这样的早晨，这个小家伙穿过空气清新的卢森堡公园，那时他看到的一切景色都跟我今天所看到的一样：一样的天空，一样的大地。万物的灵魂如常，一会儿让我开心，一会儿让我忧伤，一会儿让我感到不安。但现在，那个小家已经不存在了。

随着年龄的增长，我越来越关心学校的开学。

如果中学的时候我寄宿在学校的话，那段学习生活就会成为我不愿回想起的痛苦回忆。幸运的是我的父母当时没让我体会寄宿生的痛苦生活。那时，我在一所类似修道院的隐秘古老的中学里走读。每日里看到的街道和房屋完全不像寄宿生看到的那样。他们被剥夺了所有的社会生活和自己的生活。正因为如此，我的感情也未受到过任何束缚，它们如一切信仰自由的事物那样平稳而有力地成长着。我的感情中没有仇恨。我保持着善良的好奇心，为了爱我愿意渴求知识。那时放学后走在街道上遇见的一切人和事物，比人们所能够想到的一切，都更有助于我对生活淳朴和艰辛的感知。

想要让一个孩子了解社会，没有什么比把他放到街道上溜达更合适的方式了。在街道上，他早上可以看到送牛奶的人、送水工、烧炭工；在街道上，他可以观察到杂货铺、肉店和酒店的情况；在街道上，他可以看到军队在乐队的引导下向前行军。总而言之，应该让一个孩子去呼吸自由的空气，让他去感受劳动的法则，让他明白在这个世界上每个人都要做自己的工作。那时，早上从家里往学校去，晚上从学校回家，这段路程中的所见所闻，让我对各种职业和从事这些职业的人们感到很好奇。

不过我承认，我并非对所有的人都怀有同样的好奇心。起初，我最喜欢那些摆在商店橱窗里的文具上的埃皮纳尔的图画。不知多少次，我会把鼻子贴在橱窗的玻璃上，从头到尾读完那些绘图的小故事。

不久之后，我就知道了很多故事。其中不乏一些稀奇古怪的故事，它们激发了我的想象力，我也因此获得了这种想象的能力。其他的一些故事，以一种逼真而动人的方式表现人们的生存，让我第一次看到了那个可怕的东西，那个被人们称作命运的东西。我从埃皮纳尔的图画故事里学到了许许多多的知识。

接下来，时间跳到我十四五岁的时候。虽然我还是心心念念着杂货店里的糖水罐头，但是我几乎不会再在杂货店的橱窗外停留了，我也不再费尽心思猜测服装招牌上那些谜一样的字母是什么意思。那个老酒店门口有装饰文案的栏杆，上面那个铸铁的木瓜——我称它为彗星，也不会让我停下来猜测这些幼稚的谜。

我的好奇心变得更加强烈了，这段时间我开始对版画店、旧货摊和旧书籍感兴趣。

哦，舍什米迪大街上那个吝啬的老犹太人，塞纳河畔朴实的旧书商，我的老师们，感谢你们！

你们对我精神的培育甚至超过了我大学时期的教授。你们这群诚实的人为我展现了往昔生活的神秘，以及人类思想的各种不朽结晶。我翱翔在你们的书籍里，在那些旧物和先人的思想前驻足凝思。如此，我才能信仰最合理的哲学。

小时候，在朋友们为了生存而出售的旧书里，在生锈的废铁里，在虫蛀的细木头壁板之间，我培养了对世间万物流逝的感情。那时我就知道生物不过是宇宙中变化不定的东西，因而我总是感到忧伤、温情和怜悯。

正如你们所见到的那样，学校教给了我高深的知识，而家庭这所学校对我的影响则更大。在明亮的长颈玻璃酒瓶、雪白的桌布以及家人的衬托下，家常便饭的场景也变得如此温馨。每天的晚餐和餐间的聊天培养了我对家务事和生活小事的兴趣，激发了我的才智。如果一个孩子能像我一样拥有聪明善良的父母，那么他在饭桌上听到的话就会激发他正确的判断力和对爱的感知力。他会感激上帝赐予的食物，他会像父母那样自言自语："我的胸膛里有一颗滚烫的心。"

寄宿生们在学校的食堂里吃饭是独独不能感受到这种家庭的温馨的。家庭学校不愧是一所好学校！

如果大家觉得我轻视古典作品的话，那就错了。我的理解是，要培养一个人的精神，没有什么能比得上法国古老的人文学者所提倡的方式——学习两大古代文化。人文学科这个词语意味着优雅，完全符合古典文化的气质。

我刚才用一种赞同的口吻谈起那个小家伙，大家也许会理解我。这个像麻雀那样蹦蹦跳跳地穿过卢森堡公园的小家伙，他是一个不折不扣的人文学者。在他幼小的心灵里，翻腾着古代诗歌中罗马的力量和形象。作为一个走读生，他拥有充分的自由去逛店铺，和父母一起吃饭。他所感受到的一切，一点也没有使他失去对学校里所教的优美语言的兴趣。

他很少为了荣誉而学习，他的名字也不经常出现在光荣榜上。正如拉封丹说的那样，小家伙努力学习是为了从中获得乐趣。他的译文很优美，他的拉丁文水平甚至得到了督学先生的赞美，居然没有什么文法错误。

当他接触到希腊的时候，他看到这些雄壮的简朴中所包含的美。这是他很晚才意识到的东西。起初阅读伊索寓言，他的心就变得忧郁不安了。那时一个驼背的老师给他讲这些寓言故事，这个人的身体和心灵都是驼着的。其实他并不算一个合格的老师。他所讲的这些冠以伊索寓言之名而流传下来的干巴巴的小寓言故事，其实是经过了一个拜占庭僧侣的润色之后才到了小家伙这儿。五年级的时候，我并不知道它们的出处。那时我也不想知道它们的出处，直到现在，我对这些寓言故事的评价还是跟以前一样。

学完伊索寓言，小家伙就开始学习荷马。我看到忒提斯像白云一样自海面升起；我看到瑙西卡亚和她的同伴；我看到德罗斯的棕榈树、天空、大地和海洋；我看到安德罗马克含着泪的微笑……我逐渐理解并感受到了这一切。过了六个月，我还是深陷于《奥德赛》中无法自拔，我也因此多次受到惩罚。但是那些罚写的作业又怎样？我还是跟尤利西斯一起漂泊在“紫色的海面上”！

之后，我开始接触悲剧作品。埃斯库罗斯的作品我不是很能理解，但索福克勒斯和欧里庇得斯的作品却为我打开了通向男女英雄的迷人世界，从中我阅读了苦难的诗篇。每读一部悲剧，我都会感受到喜悦和泪水交织的感情。我会为这些作品而感到颤栗。

阿尔塞斯特和安提戈涅带给孩提时的我前所未有的崇高梦想。借助于字典的帮助，我俯身趴在课桌上读到了这些神圣的形象，他们如象牙般的手臂垂在雪白的长衣之外。

看这些书我又被惩罚了，惩罚我的理由是公正的：我在上课的时候看课外书。可惜我的这种坏习惯一直未改掉。无论我的晚年如何度过，我都害怕自己到了白发苍苍的耄耋之年，还会听到二年级时的老师对我说：“皮埃尔先生，在课堂上别干其他无关的事情。”

我记得，冬天的晚上，放学回家的路上，我会陶醉在大街上的灯光与歌声里。有时会在路灯下读书，有时会在灯火明亮的店铺橱窗前读诗，之后一边往家里走，一边背诵出来。那时的郊区笼罩在一片暮色之中，狭窄的街道却弥漫着冬日傍晚的活力。

我常常会碰到糕点铺里那个头上顶着筐子的小伙计，他跟我一样做着属于自己的梦。现实丝毫没有损害到我的梦想，我非常喜欢郊区的那片古老的街道。这里的石头曾经陪着我一起长大。

一天晚上，我在卖栗子的小贩摊头读诗。二十五年过去了，现在的我回想起那些诗句“啊，坟墓！……”眼前还是会浮现出那个往纸袋子里吹气让它鼓起来的卖栗子的小贩，直到如今，我似乎还能感受到从炒栗子的锅里冒出的热气。在我的记忆中，这个老实人跟我曾经读过的那些诗交织在一起。

就这样，我学到了很多诗歌，获得了有用的宝贵知识；就这样，我学习了人文学科。

这种方法对我很有效，但也许对别人毫无价值。因为经验的东西因人而异，所以我从不向别人推荐自己的这套方法。

另外，我承认，受到荷马和索福克勒斯的影响，当我开始学习修辞学的时候，鉴赏力就很有限了。那时老师就是这样评价我的，而我也承认这一点。身处十七岁的年龄，人很难会有或者表现出良好的鉴赏力。这种东西是随着阅历而提升的。为了提高我的鉴赏力，那时修辞学的老师建议我研究一下卡西米尔·德拉维尼厄的全部作品。可是我没有听从他的建议，因为我已经无法摆脱索福克勒斯对我的影响。直到现在，我还是认为我的修辞学老师并不是一个杰出的文人，但是他拥有忧郁的思想、正直的个性和骄傲的灵魂。如果说他教授了我们一些文学异端，至少他也给我树立了榜样——什么是正直的人。

人文学科有它自身的价值。夏隆先生受到所有学生的尊敬，因为孩子可以完全公正地评价自己的老师。二十五年前，我对不公正的驼背先生与正直的夏隆先生的观点，直到今天依然没有改变。

现在，夜色笼罩了整个卢森堡公园里的法国梧桐，我思绪中的那个小小的影子逐渐消失在夜幕中。我已失去的让我永远怀念的那个小家伙的“我”，如果我无法在自己儿子身上看到更好的那个你，那就永别了！

再见！

香桃木林

1

作为一个孩子，我表现出了莫大的智慧。但是我十七岁的时候，却十分愚蠢。那时候我常常很紧张，每次鞠躬或坐在座位上的时候，额头总会出汗。只要有女士出现，就会让我坐立不安。到了高年级的时候，我学了《效法基督》[①] 一书，并研究了其中的戒律。我之所以记得这本书，是因为高乃依的版本让我觉得新奇有趣："主要逃离女人的干扰。通过这条路你的敌人可能会发现你的弱点。赞颂至高者的仁慈。"

我听取了老和尚和神秘主义者的建议。虽然听取了建议，但我却背道而驰。我应该更喜欢不那么即刻的见面。

在我母亲的朋友里，有一位女士她所处的社会是我喜欢的地方，我喜欢跟她长久地交谈。她就是早年被遗弃的著名钢琴家阿

---

①《效法基督》：汤玛斯·坎培士所写的书。

道尔夫·冈斯的妻子。她的名字叫爱丽丝。虽然我从没有真正见到过她的头发、她的眼睛、她的牙齿，因为我只能看到一个闪亮夺目的幻影，但对我而言她却比梦更美丽，比凡人更可爱。我母亲常常会说，分开讲，对于冈斯女士的任何特点都不必惊讶。每次我母亲说到这个观点，我父亲总会不可置信地摇头。无疑，他这个好男人跟我过去一样，只是把冈斯夫人的特点分开讲了。不管细节如何，总体的效果是迷人的。但是千万别注意我母亲说的话，冈斯夫人很漂亮，我可以向你保证。冈斯夫人吸引着我：美貌是如此甜美和善良！冈斯夫人又让我害怕：美貌是一件可怕的事情！

一天晚上，我父亲在招待一些朋友，冈斯夫人带着优雅的表情进入了房间。那种表情鼓励了我。有时跟男人在一起的时候，冈斯夫人会装出一副不经意的高傲姿态，好像给麻雀施舍面包屑。然后，毫无任何征兆，她会做出一种冰冷高傲的傲慢行为，用一种厌烦无趣的表情扇着扇子。现在我完全知道该如何说明这些了：冈斯夫人是一个卖弄风情的人。这就是全部。

但正如我所说的那样，当冈斯夫人那天夜里去绘画室后，她跟每个人都闲聊了一下，即使是那些最谦逊的人——我这个面包屑都包括在内，更不用说她喜欢的人了。我的眼睛一直没有从她身上挪开。当我盯着她看时，我觉得我从她的表情里找到了一丝忧郁。我是个内心柔软的动物。她被要求去表演一下，于是给我们弹了肖邦的夜曲。我从未听过这么美妙的音乐。好似她雪白纤细的手指正轻抚过我的耳朵，带着最神圣的爱抚。那根手指上的戒指是之前才摘掉的。当她结束表演时，我立刻向她走过去，根本不知道自己在做什么，只是陪着她走到桌位上，然后坐在她旁边。闻着从她胸前传来的缕缕芳香，我闭上了眼睛。她问我是否喜欢音乐，那声音让我浑身战栗。我睁开了眼睛，看到她正看着我。那个眼神让我毁灭了。

“是的，先生。”我迷糊地回答。

因为地球没有开裂吞噬我，很显然大自然对于凡人最热心的恳求会无动于衷。

那天晚上回到卧室，我什么都没有做，只是批评自己是个傻瓜和粗鲁的家伙。第二天早晨，我长久地思索着这个问题，但是我发现没法减轻这一情况。“你想要表达的是作为女人她很美丽，非常美丽，她能让钢琴低吟浅泣，而你能做的只是结结巴巴地呢喃出两个不合理的词：‘是的，先生。’这句话在强大的表达前却如此匮乏。皮埃尔·诺齐埃尔，你是个傻瓜！蠢蛋！赶紧滚去躲起来！”很不幸，我连那个懊悔都做不好。我在学校，在桌子前，在街上都是同一个表现。跟学校的朋友一起，如果我喜欢的话，至少还能互殴，这样做也有一种尊严在内。但对方是我母亲的朋友的话，我就变成了最可怜的家伙。我完全理解了《效仿基督》里的训诫的意义。

“多么有益的建议啊！”我自言自语，“那个决定性的夜晚，冈斯女士以一种诗意的感受表演肖邦夜曲，让空气都为之颤栗。如果那晚我能躲过冈斯女士的话，她就不会问我是否喜欢音乐了，那样我也不会给出‘是的，先生’这样的愚蠢答案了。”

这个声音“是的，先生”一直在我耳边回响。这种回忆一直缠绕着我，更准确地说，某种可怕的精神现象使得时间似乎停滞了，那个可怕的时刻被无可挽回的一句“是的，先生”震惊到了，似乎被无限地延长了。当然，并不是后悔折磨着我的灵魂。懊悔本身跟我那时的感受比都很甜蜜。大约有六周的时间，我都陷入一种闷闷不乐的悲伤之中，之后我的父母才意识到我丢了魂。

让我的愚蠢达到极致的是我的思维很大胆，但行动却很胆怯。作为一个普遍规则，年轻人的智力是不成熟又不稳定的。而我的智力那时候是坚定不可能改变的。我相信我拥有真理。当我一个人的时候，我很暴力又有革命倾向；当我一个人的时候，我横冲直撞！从那之后我改变了很多。现在，我不再过度地敬畏同时代的人。我努力让自己在那些比我聪明和没我聪明的人之间活得舒服自在。我信任前者的聪慧，同时，如果我看到后者的脸，也不会再担忧。但我要跟你说说我十七岁时发生的一些事情，你就会想象到这种害羞和大胆的融合，使我抛弃了最可笑的一面。

那件事情的六个月后，我凭借自己的努力完成了修辞课程，父亲送我去旅行。他给一个谦逊值得信赖的同事写了一封信。那位乡村医生当时在圣帕特里克行医，于是我也去了那里。圣帕特里克镇①是诺曼底海岸的一个小村庄。它的后面倚靠着森林，面向大海的那一面，有斜坡缓缓地通向两个悬崖之间的沙滩。那时，我对这个沙滩的描述是荒凉又孤独。那是我第一次看到大

---

① 圣帕特里克：法国安德尔·卢瓦尔省的一个市镇。

海。树林的静谧如此治愈人心，让我感到着迷。树林和流水的昏暗延伸与我焦躁的灵魂和谐相处。我到森林里骑车，我在海滨上几乎半裸着漫步，内心似乎渴望抓住什么触手可及的东西，却又无法发现它们。那时的我并不知道自己到底在渴望什么。

一整天我都独自一人，会无缘无故地流泪。有时候，我的心变得很满足，觉得我应该死去。换句话说，我感到不安。但是，这个世界有什么能与我当时的心神不定相比吗？没有！我呼喊这些树林做见证人，当我从中经过时，它们的树枝拍打着我的脸。我呼喊这些悬崖，我曾攀登到它们的高度去看夕阳沉入大海。这些大海证实了我的情况。没有什么能跟当时折磨着我的疾病相比，没有什么能跟一个年轻人早期的梦想相比。如果欲望将优雅赋予任何物体，那么未知的欲望会让美丽成了普遍性。

虽然我是一个精明的人，但处理一些事情的方法还不够圆滑。也许得过些时日，我才能变得世故一些，而不是通过诗人的作品来明白此间的道理。

即使是在我上学的时候，我也对诗歌情有独钟，这种感情自那之后一直保持到现在。作为一个十七岁的男孩，我崇拜维吉尔，我能理解他，就好像我的教授从未教过我这些诗句的意思而我却能明了一样。节假日的时候，我总是在口袋里揣一本维吉尔的书。那是一本便宜的英文版，我现在还保留着它。我很珍惜它，好似我珍惜所有事情一样。每次我打开它的时候，都有枯萎的花瓣从书页里掉出来。这里面保存时间最长的花瓣是我在圣帕特里克镇的树林里采集的。在那里我欢乐地度过了十七岁男孩不开心的日子。

某一天当我在树林边缘漫游，开心地呼吸着新割的稻草的芬芳，微风从大海轻柔地吹过来，带着海水的盐分沾湿了我的唇。我被一种无法征服的疲倦席卷着。我坐到地上，休息了很长时间，看着天空中的白云浮动。然后，习惯使然，我打开了我的维吉尔的书，开始读：

"在这里，隐蔽的林中空地隐藏了那些人，在弥留之际因为持续不断的爱而喝下残忍的毒液，周遭的香桃木林投下片片阴影。"

"周遭的香桃木林投下片片阴影……"

天啦！我知道了！我知道那片香桃木林，尽管我不知道它的名字。维吉尔刚刚提醒了我这种病的病因。谢谢他，我知道那是爱。

但我不知道自己爱的是谁。然而，接下来的冬天，当我再次遇到冈斯女士后，我就知道了答案。

毋庸置疑，你们天生比我聪明，你们肯定知道我爱的人就是爱丽丝。哦，美妙的讽刺！我喜欢的女人居然是过去被我嘲笑的女人，而她对我的印象比抱歉还糟糕。绝望！但绝望又不流行。我们的汽笛总是会悲鸣，让它变得陈腐。我没有做崇高的事情，也没有做可怕的事情，我没有去某个修道院与世隔绝起来，也没有去地球上被抛弃的地方悲伤地漫步，更没有对着北风哭泣。我只是悲伤地走过去，接过了我的学位。

甚至连那么一点赐予我的幸福也带着刺，因为我看到了爱丽丝，听到了她的声音。于是，我对自己说："她是这个世界上我唯一爱的女人，我是她在这个世界上唯一不能忍受的男人。"当她弹起钢琴的时候，我常常会站到她身旁，静静地欣赏音乐，盯着她白皙的脖子上跳动的头发看。但为了不再像上次那样愚蠢地冒出一句"是的，先生"，我发誓不再跟她说话。不久，我不得不改变我的生活方式，我还未打破自己的誓言就失去了爱丽丝的音讯。

2

就在今年夏天，我在山里的一处矿泉疗养地又遇到了冈斯女士。五十年的岁月在那张可爱的脸庞上留下了痕迹，那张我最初爱恋的脸庞，也记录了我所经历过的最美好的爱情里的不安。

虽然染上了岁月的痕迹，但是她的容貌依然优雅。如今头发苍白的我也许该放弃那时孩子气的誓言了，于是，我走向她，鞠了个躬，说道："冈斯女士，您好。"

天啦！年轻时的那种急切的感情早已不在了，我的声音很沉稳，我的脸色很镇定。

她立刻认出了我。我们的记忆把我们联结在一起。我们常常一起谈论旧时代，一谈就是很长的时间。我们竭尽全力一起探讨旅行的经验。

不久，我们又发现了新的兴趣，发现了一个新的连接。我们的不安和烦恼是我们交流的主要话题。一早上，我们会坐在花园里绿色的椅子上，在阳光下闲聊着我们的风湿病以及其他的一些小毛病。这个话题不会轻易地就没话说。有时候，我们还会穿插着聊一聊过去的事情，活跃一下气氛。

"你那时多美丽啊，"有一天我对她说，"以前的那些人都赞美你。”

“是啊，”她笑着回答道，“我完全同意，不过我现在是个老太太了。是啊，我也时常想起以前，一想到过去的我就会给年龄渐长的我些许安慰——曾经我也漂亮过。但是，如果我告诉你在那些曾经追求我的人中，最让我感动的容颜是谁，你肯定会震惊的。”

“天啦，说吧，我还是很想知道的。”

“嗯，我会告诉你的。很久前的一个晚上，一个害羞的小男孩看着我的时候，变得极其紧张，他回答我的问题居然是‘是的，先生’。我从未受到过这样的答复，这让我感到受宠若惊，准确地说让我很高兴的不是那个回答，而是回答问题的那个声音！”

阴　影

我二十岁的时候经历过一件不同寻常的事情。父亲送我去曼恩下区了解家族生意。一天下午，我从美丽的小镇埃尔内埃出发，开始了一段二十英里的骑行。我的目的地是圣约翰区，我想去看看那座目前无人居住、但在过去的两百多年我父亲的家族居住的房子。那是十二月初。从一大早开始，白雪就纷纷扬扬地下着，绿篱篱笆中间的道路多被大雪掩盖了，我和马匹不得不小心地避免陷入困境。

离圣约翰区不到五六英里路程的时候，路面变得好多了。除了刮起的狂风，寒冷的雪花拍打在我的脸上。我让马儿开始疾驰。路边的树像一个个黑影往后退去，像可怕的鬼魂。那些树木如此吓人，顶部垂了下来，树干上还有隆起的部分和被砍伤的痕迹，伸出了弯弯曲曲的可怕的枝条。它们让我的内心升起一股恐惧，我无法抑制地想起前一天夜里，在埃尔内埃一个牧师讲给我听的故事。博卡什地区的这些被修剪的老树木中，有一棵栗树是两百年前修剪的，像塔楼那样空旷。在1849年2月24日，这棵树被雷电从上劈到下。在裂缝里，有人看到一个男人的骷髅站在那儿，一手拿着一把手枪，另一只手上拿着念珠。从他脚下捡起来的那只手表上刻着克劳德·诺齐埃尔的名字。这个克劳德是我父亲的大舅舅，在他的那个年代，是鼎鼎有名的走私犯。1794年，他与舒昂党人走到一起，加入了特莱顿领导的队伍。当时，受伤很严重，并被共和国的游击队伍穷追不舍，这个被追捕的男人躲了起来，后来死在了这棵空心的栗树里。朋友和敌人都不关心这个男人的命运，所有直到他死后五十年，这个谜才被解开了。这位舒昂党人的坟墓被雷电劈开了，展现在世人面前。

当那些光秃秃的吓人的树木从我旁边飞逝而过的时候，我想到了他的故事。于是我加快了马的速度。当我到达圣约翰的时候，天还黑着。

我到达旅馆的时候，链子上挂着的告示牌在黑暗中随着大风前后飘荡着，发出可怕的吱吱嘎嘎的声音。我照料好马匹后，走进了接待室，一下子坐到了烟囱旁边的那把旧摇椅上。待我暖和了一些后，我才看清眼前的一切，火光照亮了女主人的面庞。她年纪很大了，长得奇丑无比。她的面容看上去像突然覆盖着一层坟墓的灰尘，脸上唯一可以识别的就是剩下的半个鼻子，还有红彤彤的一双眼睛。我是个陌生人，她对此保持着警惕和不信任，一直看着我的这个方向。为了让她安心，我告诉她我的名字叫诺齐埃尔。我肯定她知道这个名字，但是，她只是摇了摇头，告诉我不认识诺齐埃尔。然而，她同意给我准备一些晚饭。她在地上给我留下了一些柴火，然后离开了房间。

我特别累，精神也不好，暴力和沮丧的画面充斥着我的大脑。一会儿，我阵阵犯困，打起了盹，但是在我心神不安的睡眠中，还能听到从烟囱里传来的风的哀号。一阵风从地上吹起了一片灰尘，飞到我靴子上。

几分钟后，我睁开眼睛，看到了这辈子绝对不会忘记的景象。我看到在雪白的墙壁上出现了一个特征明显的影像轮廓，一个一动不动的影子，一个年轻女孩的影子。那个影子看上去如此彬彬有礼，纯洁，又充满魅力。我看着它的时候，发现所有的疲惫和悲伤都变成了好奇和兴奋。

我盯着这个幻象看着，大约有一分钟或者不到一分钟，那时我没有准确记录时间的工具。然后我四处寻觅着看是谁投下了这般可爱的身影。屋子除了那个在桌子上铺白桌布的老妇人外，再无他人……于是我再次看向墙面，但那个影子消失了。

我的思绪很清晰，我思考了几分钟，想弄清楚到底发生了什么。然后转向女房东，问道："大娘，告诉我几分钟前是谁站在那儿的？"

大娘用一种惊讶的口吻说她没见到任何人。

我飞快地跑到门口。屋外下着大雪，地上积满厚厚的白雪，一点脚印都没有。

"大娘，你确定这间屋子没有一个女人？"

大娘说这个地方只有她一个人。

接着，我努力观察确认，究竟在哪个位置，一个人才能投下我刚才看到的影子。我用手指着那个地方问道："那里，她就站在那里的。"

这个丑老太婆手里拿着一根细小的蜡烛走过来，用她那双可怕眼睛盯着我吼道："现在我知道你不相信我，我知道你真的是诺齐埃尔。你是约翰·诺齐埃尔的儿子，那个巴黎的医生诺齐埃尔的儿子吗？我认识年轻的雷内，他的舅舅。他也曾经看到过一个别人都没看到过的年轻女子。毫无疑问，这是上帝给你们家族施下的魔咒，惩罚舒昂党克劳迪曾犯下的罪行。他死后跟面包师的妻子一起下了地狱。”

“你是指那个骷髅，那个在空树里被发现的克劳迪，那个一手拿着枪、一手拿着念珠的克劳迪?”我问道。

“我年轻的先生，那个念珠对他没有任何好处。他的灵魂给了一个女人。”

这个老女人不再继续跟我说这件事。我没有胃口吃面包、培根和鸡蛋，也不想喝她放在我面前的苹果酒。我继续转过头去看那面墙，那面我看到影子的墙。哦！对了！我看得足够清晰了。那是由跳跃的火光或者牛脂蜡烛的烛火投射出的精致而清晰的轮廓。

第二日，我去参观了克劳迪和雷内一起居住过的房子。我走访了附近的地方，我问了牧师，但是还是没有获得任何信息，让我能够找出我所看到的那个女孩的鬼魂是谁。

即使到今天，我依然不确定那个老妇人说的事情是否真实。也许是她说的那样，也许在博卡什地区的孤寂中，一些鬼魂会出现在农民前面，也许是祖先的影子，是我未经教化的如梦般的祖先想要看看他们的后代子孙，所以才以如此吓人的方式出现。

我在圣约翰看到的是诺齐埃尔家族的鬼魂，或者是那个冬日夜晚给我赐予的一个标志，提醒我的生命受到了最好的馈赠。那个友善的神早已给我她最珍贵的礼物——梦想的能力。

雄 鸡

迄今为止，苏珊娜还没有开始追求美丽。当她十五周大的时候，她就开始了追寻美的行动。

那是在餐厅里。餐厅透露出一种不切实际的古代感，因为那里摆放了一些古典的盘子、石头瓶子、锡酒壶以及自助时用的威尼斯玻璃杯。这都是苏珊娜的妈妈一手打造的。她把一切东西都安排成了这种新发明的古玩风格。在所有的这些古物里，苏珊娜穿着白色绣花连衣裙，看上去比以往更加清新优雅。当你看到她时，一定会对自己说："哦，无论如何，在这里，一个小东西看上去都绝对会令人耳目一新。"

她对这一切古老的陶器并没有兴趣，她对墙上悬挂着的昏暗的旧画像和巨大的黄铜盘子也不感兴趣。毫无疑问，后来这些历史文物将在她的小脑袋里浮现出各种各样的想法：荒诞、滑稽、迷人。她会有自己的想象。如果她有想象力的话，她会用自己的想象描绘这些事物的风格和细节，给生活增添了如此的魅力。我会给她讲所有异想天开的故事，既不会远离真理，又比那些所谓的历史更欢乐。她会疯狂地爱上这些故事的。我希望我爱的人都要接触一些这种故事，因为它沁人心脾。即使是坐在木桶里的小酒神也无法骗她微笑。在她十五周的时候，我们竟然如此严肃。

那天早晨，天空透出柔和的灰色。一些旋花与野花缠绕在一起，给窗扉点缀上星星的颜色。我们吃完了午饭，妻子和我一起聊天，虽然没什么特别的话题可聊，但依然这样做了。就是这样，时间像宁静的河流向前流去。你几乎看不到它的流动，每句说出来的话似乎就像投掷到时间长河里的石子。我想我们是在谈论苏珊娜眼睛的颜色。这是一个永远不会厌倦的话题。

“它们是蓝色的。是的。”

“它们有点旧金色或洋葱汤的颜色。是的。”

“它们有一点绿色。有绿色。”

“这一切都是真的！真是神奇的眼睛！”

就在那时，苏珊娜进来了。这一次，她眼睛的颜色跟天空一样，是阴影的灰色。

保姆带她进来的。

如果要跟上流行的话，保姆最好是一名护士。但苏珊娜像拉封丹的羔羊一样，实际上，她是由母乳哺乳的。我非常清楚，如果我们也像农村里一样，至少应该去找一个帽子上戴着大针和丝带的不喂奶的护士。她什么都负责照料，但不提供奶。那时，牛奶是给孩子喝的，丝带和别针是戴给这个世界看的。那些没有能力哺乳孩子的妈妈会找一个奶娘帮助，这样可以挽回点面子。

但苏珊娜的母亲在这些事情上很粗心，从没想到过这一权宜之计。

苏珊娜的保姆是一个小农民，在自己的村庄帮助抚养七八个小兄弟。从早上到晚上，她唱着洛林的歌曲。我们让她休息一天去巴黎逛逛。她特别兴奋地回来了。她看到了一些精彩的小萝卜。其余的东西都没有打动她，只有小萝卜赢得了她的喜爱。她写信回家的时候还提到了它们。她的朴素使她跟苏珊娜相处融洽。而苏珊娜除了看灯和酒瓶外，其余的东西都入不了她的眼。

当苏珊娜出现时，嘿！整个餐厅都被欢乐点燃了。我们笑她，苏珊娜也笑我们。相爱的人总是能表达清楚他们的意思。在温暖的夏日早晨，妈妈伸出双手，长袍的袖子便从她柔软的手臂垂下去。然后，苏珊娜伸出她的小胳膊，像个僵硬的木偶那样伸着手。她伸出手指，袖口处投射过来五道粉红色的光线。她的母亲脸上闪烁出喜悦的光，把她轻轻地抱到膝盖上。我们三个人都非常高兴，可能因为我们什么都没有想。但这种幸福的状态无法长久。苏珊娜突然开始向桌子上倒过去，张大了圆圆的眼睛。她胡乱挥舞着胳膊，好像胳膊是木头做的。她的眼睛里充满了好奇和敬佩。在这种让人感动的表情中，透露出一种无法定义的智慧。这种表情，是孩子来到这个世界的时候就有的。

然后她像一只受惊的鸟一样大叫起来。

“也许别针戳到了她，”正开心地看着这一切的妈妈说道，“当这些别针开了的时候，人们都无法察觉。苏珊娜那儿有八个呢。”

但是，并不是别针戳到了她，而是她的爱美之心在作怪。

“十五周就知道什么是美？胡扯！”你肯定会这样惊呼出来。好吧，你自己判断吧。成功地蠕动着爬离妈妈的怀抱，苏珊娜正在桌子上擦着她的小拳头，使劲儿地推着。咿咿呀呀地说话，她终于抓住一个盘子。斯特拉斯堡的一位乡村工匠在那个盘子上画了一只红公鸡。

苏珊娜想要拿这个生物，她不想让它被吃了。她想拿它，很明显是因为她觉得它好看。我跟她妈妈说了这个简单的推理，她妈妈回答道："无稽之谈！如果苏珊娜能够自己够到盘子的话，她第一个动作肯定就是吃到嘴里！我觉得你们这些聪明人一点常识都不懂。"

"毫无疑问她会吃的，"我回答说，"但那所证明的正是她现在主要成长的能力就是用嘴巴吃。她在动眼睛之前就动了嘴，这也是正确的！目前，她这个阶段嘴巴是她最好的思考器官，因为嘴巴接受过教育，能感觉到东西。她用得很好。我告诉你，你女儿是智慧的化身。她会把盘子放到嘴里，但是这是因为盘子很漂亮，而不是因为它很好吃。观察这个习惯，几乎所有的小孩子身上都会体现出来，在成年人语言里的比喻意义上也很明显。我们有时在说品味一首诗、一幅画或者一出歌剧时，会说囫囵吞枣。"

然而，当我在推进这些站不住脚的命题时，哲学世界淡定接受的东西证明他们有足够难以理解的语言。苏珊娜正在用拳头敲那张盘子，用指甲抓它，又对着它咿咿呀呀地胡言乱语，然后不时翻着盘子。那盘子有"砰"的一声掉地上摔碎的危险。

"她没有表现出任何高超的技巧，她的动作也缺乏精确性。但是，不管是多么简单的一个动作，如果不经过练习形成习惯的话，一个人是很难做好的。你能指望一个十五周的婴儿获得什么样的习惯呢？想想神经、骨骼和肌肉复杂的系统配合完美，才能让你的小指头往上翘一翘。如果把托马斯·霍尔顿的牵线木偶所有的绳子都拉动，那是孩子气的行为。精明的观察者达尔文认为小孩子知道怎样去哭和笑是很显著的一件事。正如左拉所言：我们没有做理性的人，我们有一颗铁石心肠。”

幸运的是我不是一个像左拉先生那样深刻的学者。我的学习都停留在表面上。我不会拿苏珊娜做实验，我只局限于观察她在做什么。这种观察在不把她放到外面的时候，我什么时候都可观察。

嗯，然后，她一直不停地抓盘子上的画，整个人似乎感到越来越困惑，不明白是怎么回事——为什么她能看到一件东西，却拿不到手里。事实上，这个东西跟其他所有的东西一样，超出了她的理解范围。这也正是苏珊娜的魅力所在。孩子们通过发生在他们周围的奇迹度过一天又一天。对他们而言，所有的一切都是美好的，因此他们的眼睛里藏着诗歌。虽然他们和我们在一起，但是他们住在与我们不一样的另一个世界。他们的世界全是未知数。

“小笨蛋！”她妈妈说。

“亲爱的，你的女儿可能无知，但她是完全理性的。当一个人看到了美丽的事物，肯定渴望拥有它。这是人类的本性，而且法律也已经保障了。贝朗热的吉普赛人，其口号是‘看就是看’，这是一个非常罕见的准则。如果每个人都像他们想的那样去做，就不会有文明这个东西了。我们可能像巴塔哥尼亚人那样，不需要衣服和艺术就能生存。你不会分享他们的观点。你渴望有一个树枝下绣着鹳的旧挂毯，你把房间里的每一面墙都挂上了挂毯。我不会跟你吵架，但是不要误解苏珊娜和盘子上的公鸡。”

“我很了解她。她只是像想要水桶里的月亮的小彼埃尔一样，最终他没要到月亮。你别告诉我苏珊娜把一个画的公鸡当成了真的公鸡，因为她可没见过真正的公鸡。”

“不，她把幻想当作了现实。对于这一点，艺术家们也得负责任。他们开始尝试用线条和颜色描绘这个世界已经很长一段时间了。从那个把猛犸象刻在象牙上的洞穴居民去世，到现在已经过去了几个千年了吧？这将是一个奇迹，没有错误，在所有模仿艺术不断的努力中，他们不可能成功地欺骗一个十五周的婴儿。表象！谁不会被它们吸引？科学本身总会被甩到我们脸上，它现在已经超越了现实了吗？罗宾教授看着自己的显微镜时，他看到了什么？外表！只是外表！欧里庇得斯说了什么？我们被具有欺骗性的梦弄得心烦意乱却无能为力。”

我这样说着，准备评论欧里庇得斯说的这句话。当形势突然变得相当不利于哲学思辨时，我在其中发现了微妙之处，而卖草药的人他儿子肯定从来没有想过这些。对于苏珊娜，没有成功地从盘子里拆下公鸡让她的脾气变差了。她的脸颊红得像牡丹一样，鼻孔也变大了，脸颊向上似乎要遮住她的眼睛和眉毛，直到它们被挤到前额上。整个前额变得通红，皱着的额头就像火山地一样。她的嘴巴张得老大，咿咿呀呀地大声叫着。

“就是这样！”我大叫着，“这就是有激情的表现。我们不要批评激情，它们是这个世界上所有伟大事情的源泉。你们也看到了，这个例子里，激情让一个小婴儿变得像中国小偶像那样丑。啊！我的女儿，你真是逗死我了。激情变得再强大一些，那样你会跟它们一样坚强。如果多年后你成为它们的俘虏，它们的力量将成为你的力量。它们的崇高将成为你的美。激情构成了一个人完整的道德财富。”

“哦！亲爱的！这都是什么跟什么？”苏珊娜的母亲喊道。

“一个哲学家说的废话。一个孩子要把盘子上的一幅画拿下来，只是因为她知道什么是活的东西，尽管这会儿她听不到自己的声音。我们可怜的女人需要动用所有的常识，才能跟上丈夫和孩子的言行。”

“你的女儿，”我回答道，“在追求美的时候给出了第一篇文章。浪漫主义者会称其为永恒的魅力。但是我觉得这只是高尚思想的自然锻炼。然而，我们不能过快地追求锻炼，也不能在一切条件不成熟的时候追求高尚的思想。亲爱的，你能解决苏珊娜的烦恼。来吧！把她哄睡着了！”

星 星

到今晚，苏珊娜算来已经有十二个月大了。自从来到我们生活的这个古老地球，这一年来她经历了很多。一个人十二年间的发现如果能跟苏珊娜这些月里的发现差不多的话，他也算是同辈中的佼佼者了。儿童是被人忽视的天才，他们拥有超人的能量来洞悉这个世界。再也没有可与这种原始生命力相比拟的力量，这种灵魂最初破土成长的力量。当这些小家伙锻炼自己的感知能力、观察力、对比能力和记忆能力的时候，你意识到这种力量了吗？你懂得行走以及不断来来回回的运动对他们的意义吗？还有他们的游戏！生命的最初是所有艺术的起源。一首歌，一个木偶，一个洋娃娃以及一段旋律，几乎像极了一整套莎士比亚的戏剧！

苏珊娜拥有一大篮子的玩具，她是这些玩具的主人。这些玩具中，只有一些能算得上是真正意义上的玩具，比如木头做的动物和印度橡胶娃娃，其他的一些只是因为特定的运气才成了玩具，这其中就包括旧钱包、一些蕾丝碎片、箱子底儿、一个码尺、锡壶、铁路指南以及一块石子。它们是独一无二的东西。很遗憾因为太破旧而不能用了。每天，苏珊娜都把这些东西从她的篮子里一样一样地搬出来，递给她妈妈。她从没有表现出特别喜欢其中的哪一个玩具，因此也就没法子区分她对这些小小的财富与普通东西的区别。对她而言，整个世界就是一个雕刻出来经过绘画的大玩具。

如果你尽心地深入探讨“自然”这一概念，根据它来解释苏珊娜做的一切事情以及她的想法，你会发现你被这个小小灵魂的逻辑能力所折服。但那时候，我们会根据自己的观点而不是她的观点来评判她，我们觉得她没有一点逻辑可言。真不公平！我可以从正确的观点来看待这件事情；我可以发掘出有条理的智慧所创造出的东西，而庸俗的人只能感受到一连串毫不相关的动作。

尽管如此，我并不是住在傻瓜的天堂，我并非是崇拜自己孩子的人。我发现自己的女儿并不比别的孩子出色。这么说也毫不夸张。我只是对她妈妈说：“亲爱的，这是一个非常漂亮的小姑娘。我们的小姑娘。”而她的反应跟普丽姆罗丝夫人听到邻居对她家孩子的赞赏一样。

“我的朋友，苏珊娜是上天创造的礼物。她已经足够优秀了。”

当她说这些话的时候，她把目光投向苏珊娜，那下垂的睫毛下面是双充满骄傲和爱慕的眼睛。

但我还是坚持说道：“她确实很漂亮。”

但她有几个不同意的理由。我比她更了解她自己。她喜欢经常听到别人夸她女儿漂亮，但是，如果她自己跟自己说这样的话，又觉得有点不恰当，感觉自己稍稍有点没有品位了。无论如何，她会感到害怕，以免自己触犯了某种神秘不可见的力量。这种力量她不知道，但可以通过手感触得到。这种力量在后院那儿，一旦孩子的妈妈过度自信，它们就会来拜访孩子。

那里有个快乐的男人，他一想到肯定有某个幽灵般的存在躲在窗帘后面就会感到心情沉重。夜晚，当他将妻女拥入怀抱的时候，又会有勇气面无惧色地说：“我的心啊，我们还剩多少漂亮和高兴可以用呢?”因此，我这样回答：“亲爱的，你一直都对，你一直都是对的。欢乐照亮了这个普通的家。肃静，低声絮语吧，以免她会拍着翅膀飞走了。雅典的妈妈通常害怕复仇女神——涅墨西斯，她是经常出现，但人们从未见过这个女神。人们知道的关于她的信息就是她是很爱嫉妒的神明。涅墨西斯的手艺还可以从那神秘兮兮又令人熟悉的坏运气里看出来。啊！这些雅典的妈妈！我可以看到其中一个人。我喜欢想象自己能看见她们，她们在月桂树的树荫下弯下身子，周围的蝉发出刺耳的鸣叫。我可以看到她，当她躺在家里的圣坛下，她的孩子像小神灵那样裸着。我想象着她的名字叫丽茜拉。亲爱的，她跟你一样讨厌复仇女神涅墨西斯；跟你一样，她不希望通过过多地展示东方的奢华来让其他女人感到丢脸。她想要的就是为幸福和漂亮获取原谅。啊！丽茜拉！丽茜拉！你就这样离开这个世界，都没有为这个世界留下一个美丽的身影或是你那高尚的灵魂。你是从未来过这个世界吗？”

但是，苏珊娜的妈妈抛开这些武断的想法。

“告诉我，”她说，“告诉我你为什么这么说这个女人。她有自己幸福的日子，而我们也有自己的好时光。这就是生活！”

“亲爱的，你想过过去拥有的东西会失去吗？”

“我想过。你总是能从任何事情里找寻到让人惊喜的东西，而我跟你不一样。”

她一边沉着冷静地说着这些，一边忙着收拾好苏珊娜，以便送她上床睡觉。可苏珊娜倔强地不肯脱衣服。

在古罗马的编年史中，在提图斯①、韦斯帕西恩②或者亚历山大·塞维鲁③在位期间，他们的人民认为这种倔强是一种美德和优点。但是，在苏珊娜这儿这种倔强反而给她带来了一顿责骂。人类的公平，真是个可笑的艺术！不过说实话，如果苏珊娜不想睡觉的话，不是为了守护帝国的安全，而是要彻底翻一翻那个古旧的有着青铜把手的荷兰大箱子的抽屉。

她痴迷于这个箱子，一只手把着箱子的边缘稳住自己，另一只手拿着软帽子、女子紧身马甲、连衣裙，嘴里喃喃自语，然后努力把这些东西扔在脚边。

她站在那儿，后背上披着一条披肩，那样子看上别提多滑稽好笑了。不时地，她还回头看看我，脸上洋溢着满足感，那小表情别提多动人。

我再也控制不住自己的感情。“快看看她！”我完全忘记了涅

① 提图斯（79—81）：罗马皇帝，在他统治期间，建造罗马圆形剧场。

② 韦斯帕西恩（69—79）：古罗马皇帝，他给罗马帝国带来了繁荣，对军队进行了改革，资助艺术的发展，并建造了古罗马圆形大竞技场。

③ 亚历山大·塞维鲁（222—235）：罗马帝国皇帝，在其堂兄和养父埃略加瓦洛斯之后继位。

墨西斯诅咒，大声喊出来，“小家伙站在抽屉那多可爱啊!”

她妈妈一脸失控害怕的表情，跑过来用手捂住了我的嘴，然后，她走向那个被洗劫了的抽屉。与此同时，我则恢复了思绪。

“亲爱的，如果苏珊娜因为知道一些东西而显得可爱，那么她对未知事物的反应也很可爱。正是她的不谙世事，才显示出她诗意的一面。”

听到我说的这些话，苏珊娜的妈妈转过头把目光投向我这儿，她撇了撇嘴角，给了我一个挖苦的笑容。

“苏珊娜的诗意一面，”她叫了起来，“你女儿的诗作？整个自然界在她眼里都是如此纯洁。对她而言，世界是一片纯净的色彩，没有污染。因此，你才能看到她沉迷于赞叹大白菜叶子、洋葱皮和小虾尾巴中。这些于她而言是一种很美妙的经历。我敢肯定她以神圣的力量把自然改变了。不管她看到什么，触摸到什么，在她眼里的第一反应都是美好。”

在这一段长篇大论中，苏珊娜放弃了她那只大的箱子抽屉，去了窗户那儿。她妈妈跟着她并把她抱进怀抱里。金合欢树摇曳着可爱的叶子，花朵透出白色，整个庭院沐浴在半透明的黑暗中。小狗的前爪伸出了狗窝，就那样睡着了。很远的地平线上投射出清澈的碧空。我们三个人静静地享受着此刻的宁静。

在夜晚的寂静中，苏珊娜向上伸出自己的双手，用还没有伸直的手指指着一颗星星。这个手指像个可爱的奇迹。她不时弯着它，仿佛在召唤着什么。

然后苏珊娜开口跟星星说起了话。

她跟星星说的话没法组织成语言，因为那是一种模糊又可爱的语言，一种北欧古字碑文的腔调，一种听上去甜甜的却又充满神秘感的话语。当一颗星星倒映在孩子的眼睛里时，这种话语最适合表达出孩子的灵魂。

“真是个奇怪的小东西!”她妈妈一边说着，一边给了她一个拥抱。

吉尼奥尔木偶

昨天，我带苏珊娜去看了吉尼奥尔①木偶。在这次行程中，我们都收获了很多快乐。这是在我们智力范围内能够理解的表演。如果我是一个戏剧作家的话，我肯定也会给牵线木偶写一出戏。我不确定自己有没有足够的才华获得成功，但是，无论如何这个任务不会给我带来任何压力。当然，如果要给漂亮的喜剧演员写出有教养的台词，那就另当别论了！我应该永远不敢做这件事。还有戏剧里成年人的思想，我是指他们的思想对我而言过于复杂，我完全没法理解这些阴谋诡计。我的整个艺术只会用来描绘热情以及那些最单纯简单的东西。那种东西不适合健身房、滑稽歌舞剧剧场以及法兰西，但对吉尼奥尔木偶剧场却是顶级的。

吉尼奥尔木偶剧场是热烈与简单相交融的地方。短棍子是他

① 吉尼奥尔：法国木偶剧及其主要角色的名称。虽然是儿童娱乐项目，但是吉尼奥尔敏锐的智慧和语言一直得到成人的赞赏。

们最常使用的工具。毋庸置疑，从喜剧的观点出发，短棍子拥有惹人注目的优势：令人尊敬的执法官手里拎着的是根短棍子，在戏剧最后乱作一团的地方还一直出现。这些表演来源于里昂的人们所说的混乱局面。这是一个一直存在的事件。这个第九个热月！滑铁卢！好吧，我告诉你昨天我带苏珊娜去了吉尼奥尔木偶剧场。显然出演的这个篇章有自身的缺点。我发现了明显的朦胧处理手法，但是了不起的是它被推荐给了爱思考的头脑：给大脑提供了如此丰富的想象之餐。根据我的观后感，这部剧拥有哲学的顺序在内。人物都接近生活，而且表演得生动活泼。接下来我给你说一说我听到的一些情节。当舞台的幕布缓缓升起后，我们看到吉尼奥尔出现在舞台上。我认出来是他，就是他，准没错。平坦的大脸庞上仍然可以看出被重物击打后变得扁平的痕迹，虽然这一切丝毫不会影响他那天真友善的面容和笑容。他没有穿斜纹哔叽布料的工作服，也没有戴着棉布的软帽。1815 年的时候，哪个里昂人看到这种装束都会控制不住地笑出声来。但是，如果这些里昂人还活着的话，让他们回到 1815 年，看到吉尼奥尔和拿破仑同时出现在罗讷河岸边的话，在临死之前，昨天他们还回来跟我们坐在一起。他肯定能认出那个著名的牵线木偶，它那小小的辫子在脖子后面滑稽地跳着吉格舞曲。绿色的演出服和黑色的帽子完全符合巴黎古老的传统，让人一眼就能看出吉尼奥尔的身份是贴身男仆。

吉尼奥尔一双大大的眼睛看着我们，我立即被他那赤裸裸的坦率与透明简单的灵魂吸引住了。就像灵魂和表达一样，这就是里昂穆古怡演出的那个吉尼奥尔，用无限的玩笑和绝妙的把戏表演出来的那个吉尼奥尔。他的老板康恩先生曾经说过，这些故事足够让一个人站着就睡着了。现在我几乎能听到吉尼奥尔对他的老板康恩先生说："你是正确的。我们回去睡觉吧!"到目前为止，我们的吉尼奥尔什么也没有说。他的小辫子在他脖子后面跳着舞，逗得每个人都大笑起来。然后，他的儿子格林格莱特出场了，以令人惊讶的优雅姿势将头埋到爸爸腹部。观众并没有生气，反而哈哈大笑起来。这就是戏剧艺术中的最后一句话。也许你不懂得这种直白的动作为何能取得成功，且听我接着分析。吉尼奥尔是一名贴身仆人，穿着一件衬衫，而他的儿子则穿着一件短上衣。他儿子可不是谁的仆人，也不需要做这份工作。这种情况使得他在不冒犯公众的情况下，对自己的父亲会做出一些不合时宜的举动。苏珊娜这个小女孩一下子就意识到了这是个不对的行为，可是她对格林格莱特的喜爱并没有因此而减少。实际上，格林格莱特是那种你无法不去喜欢的一类人。他身材瘦削，生命力像杂草一样顽强，整个人充满了能量。他可以跳到警察身上。当时，苏珊娜小姐才六岁，但她就对法律和秩序表明了决心。她“反对”这些法律和秩序，当潘朵拉被打的时候，她直摇头。哦！这种行为可不对。我承认很抱歉看到她的这种表现。我喜欢有点反抗精神的人，不管他们的年龄如何。我自己是一个安分守己的公民，崇拜权威，尊重法律。然而，如果我看到一个人调戏宪兵或公园的管理人，我肯定会第一个笑出声来。不过，我们现在可是在讨论吉尼奥尔和格林格莱特这对父子之间的角逐。苏珊娜小姐支持格林格莱特，而我则支持吉尼奥尔。你可以听到两方的声音，然后自己判断。吉尼奥尔和格林格莱特一直以来想要去一个神秘的村庄，这个村庄只有他们自己知道，如果别人知道了的话，一堆贪婪的亡命之徒将会趋之若鹜，赶赴那里。

但是，这座村庄可比睡美人的宫殿还难找。这事情肯定与魔法有关，因为那儿曾经居住了一个巫师。他设置了一个潜水实验，能使人的血液凝固。只要在潜水实验里胜出的人，就能得到他的宝藏。这两个旅行者曾因为不同的想法而进入这片神奇的地区。吉尼奥尔十分疲倦，于是躺下来睡觉。他的儿子责备他缺乏勇气。“这就是咱俩一直想要寻求宝藏的态度?”吉尼奥尔回答说：“有什么宝藏能跟睡眠相提并论?”我喜欢这个回答。我觉得吉尼奥尔是一位圣人，他已经意识到了万物皆空，人唯一的欲望就是在经历了这个罪恶或无用的世界的混乱后，能够享受休息。但是苏珊娜小姐觉得他是个流氓，在应该前进的时候却跑去睡觉。这么做只会失去他们长久以来不断寻找的美好事物，也许是丝带，也许是蛋糕，又或许是花朵！她为格林格莱特的野心鼓掌。正如我所说的，他们要做的实验很可怕。他们要面对一条鳄鱼，还要面对魔鬼。“有魔鬼!”苏珊娜问我，“那个！那只是个黑人!”她回答说。这就简单纯粹多了，而我却陷入了绝望之中。我很清楚，我现在还是一个观战者，看着吉尼奥尔和魔鬼斗争。这真是一场可怕的战斗，最终魔鬼死了。格林格莱特杀死了魔鬼。说实话，我并不认为这是格林格莱特的成就。我能理解，虽然并不完全赞同。一些跟苏珊娜一样拥有超人的洞察力的观众，冷眼看着这一切。魔鬼死了，罪恶就不复存在了。也许，魔鬼的盟友睡美人会跟他一起走；也许，我们再也看不到这些美丽的花，还有那些寻找生活中美的眼眸。如果是那样的话，我们的世界将会变成什么样子？我们还能拥有美德吗？我对此持怀疑态度。格林格莱特并没有明白邪恶与美好是一样重要的存在，就像黑暗和光明同样存在一样。如果再也不需要跟罪恶作斗争，圣人将会跟恶人一样无事可做。每个人都会无聊地等待死亡。我能肯定，当格林格莱特杀死了魔鬼之后，他肯定能意识到自己确实是冲动行事了。潘趣尼罗丑角登场了，并给大家鞠了躬。舞台的幕布缓缓落下，所有的小男孩和小女孩们都散场回家了，只剩下我自己坐在那儿沉思着。苏珊娜察觉到了我的沉思，以为我遇到麻烦了。众所周知，只有不幸的人才会思考。于是她用小手温柔地握住了我的手，问我为什么伤心。我跟她说，我担心格林格莱特杀死了魔鬼。苏珊娜用细小的胳膊圈住了我的脖子，然后把嘴凑到我耳边轻声说道："我告诉你哦，格林格莱特杀死了那个黑人，不是为了正义。"我的疑虑瞬间消失了："魔鬼没有死！"我对自己说。于是我们俩带着各自的理解开心地回家了。

安德烈

你知道特雷维耶尔医生吗？你还记得他率直的面容和蓝色的眼眸吗？他拥有一个伟大医生的本领和灵魂。在关键的时候，人们都会称赞他，敬佩他。一天，他在剧院里做一个大手术，病人突然陷入了崩溃的状态，体温急速下降，完全没有了脉搏。这个人的生命体征正在逐渐消失。特雷维耶尔举起了病人的两个胳膊，放到了胸部，摇着他的已经切开还在流血的身体，就像一个摔跤手摇动对手那样。然后，他把病人重新放到了手术台上，拿起了手术刀继续做手术。病人的血液循环恢复了，最终他得救了。一脱下手术围裙，特雷维耶尔又恢复成为那个心地善良、头脑简单的个体。人们喜欢听到他爽朗真诚的笑声。手术几个月后，特雷维耶尔的手被手术刀刺伤了，但他并没有在意这件事。然而，两天后他就因为血液感染而去世，年仅三十六岁，留下挚爱的妻子和孩子在这个世上。每当天气温暖和煦的时候，你就会看到布洛涅森林的冷杉树下坐着一位伤心欲绝的年轻女人，她一边织衣服，一边抬起头看着自己的小男孩，小家伙在手推车、铁锹和小土墩之间手脚并用地爬着玩耍。这个年轻的女士就是特雷维耶尔夫人。温暖的阳光包围着这个苍白的人。时而可以听到她发出深深的叹息，透过那双棕色的大眼睛，她似乎能够看到压抑的生活中透出一抹金色的光芒。她充满爱意的目光停留在自己的小孩子身上，而完全投入到泥巴上的孩子也会不时抬起头看着妈妈。那头褐色的头发和蓝色的眼睛跟他父亲完全一样。他的脸颊粉嫩嫩胖嘟嘟的。随着一天天地长大，孩子越来越瘦，脸颊也不像小时候那样粉嫩了。他妈妈开始担心他。有时候，当小伙伴们在树林里跑着玩耍时，他会在妈妈坐着织衣服的椅子上画画。特雷维耶尔夫人就会一把抓住他，抬起他的下巴，皱着眉头看着孩子苍白的小脸，然后又松手放开小家伙，看着他的身影摇着头。夜里，只要听到一丝声响，特雷维耶尔夫人就会起身，光着脚走到小床边看一看小家伙。她丈夫的一些医生朋友告诉她不要担心，虽然孩子很娇弱，但只要让他生活在纯净的乡村空气中就行了。

于是，特雷维耶尔夫人收拾好行李，搬去丈夫家人生活的地方——罗尔斯，那里居住的都是朴素的农民。你知道特雷维耶尔是农夫的儿子，直到十二岁的时候，他还是一个从学校回家掏鸟窝的孩子。

在丈夫家里，特雷维耶尔奶奶会弯腰站在大炉子前面，手里拿着炸锅的手柄，一脸不信任地看着巴黎人和女佣。她会喊特雷维耶尔“小家伙”，而好人特雷维耶尔爷爷则穿着粗布衣服，尴尬地弯下腰，高兴地看着自己的孙子安德鲁。

在晚饭结束前，安德鲁会给爷爷很多吻，而爷爷的胡子就会收获“哦，太戳人了！”的评价。然后他会站在爷爷膝盖上，用手挖他的脸颊，好奇这儿为什么是空的。“因为爷爷没有牙齿，所以脸颊这儿是空的。”

“爷爷为什么没有牙齿呢？”

“因为牙齿变黑了，我把它们种起来了，看看能不能长出一些白色的牙齿。”听到这个回答，安德鲁总会大笑起来。爷爷的脸颊跟妈妈的截然不同。妈妈和安德鲁住在最好的卧室里，那里摆放着新婚的床，他们曾经这儿住了一次，而橡胶箱子至今仍然锁着。这张小床曾经是他们儿子睡的，现在已经被从阁楼上拿下来给孙子用了。这张床已经收到房间不常用的角落很久了，上面摆满了果酱罐子。跟所有有条理的女人一样，特雷维耶尔夫人在这个咯吱作响的地方发现了很多东西，可是却找不到一个挂钩挂衣服。屋子里的墙面和天花板都重新粉刷白了。特雷维耶尔夫人注意到了墙上装饰的彩色画。在新床上方，她看到了一幅画着身穿黑色衣服的小孩子的图画，那些孩子胳膊上戴着徽章，穿着白色的灯笼裤，一窝蜂地涌向一座哥特式的教堂。下面的标注、姓名、日期和签名分别是："我是皮埃尔·特雷维耶尔，1849 年 5 月 15 日，第一次去巴黎教堂。"当她读着这些字的时候，不禁发出一声叹息，这些包含着深情的叹息是世界上最珍贵的宝藏。然后，她开始喊安德鲁："安德鲁，过来祈祷。""妈妈，我爱你。"他低声细语地说，然后低下头，握紧拳头，渐渐睡着了。

第二天，安德鲁起床后发现了牧场。他对此充满了好奇和喜悦。他看着外面的奶牛、一只眼睛的老马和猪。安德鲁对猪特别感兴趣。他对这里的好奇心持续了很久，最难的事情就是把他弄回去吃饭。每每他出现的时候，总是一身的稻草，头上缠着蜘蛛网，靴子里满是脏兮兮的水，膝盖也磕破了，可是他的脸颊一直像玫瑰一样红扑扑的，整个人都很开心。"脏死了，离我远点!"他妈妈叫出声来，然后会给他一个吻安慰他。安德鲁坐到桌边开始啃鸡腿的时候，就像赫拉克勒斯吃东西一样。他忘我地吃着，忘记喝水，一直吃着。“妈妈，你知道绿色的鸡叫什么吗?”安德鲁突然问道。

“你为什么要看马尾鹦鹉?”她妈妈不假思索地问道。安德鲁以为爷爷的鸭子是鹦鹉。可是很难给他纠正过来。

“妈妈，你知道爷爷告诉我什么了吗?”安德鲁喊道，“他说鸡才会生鸡蛋。我知道这可不全对。我知道街上的蔬菜水果商也会生蛋，然后拿去让鸡给保温。妈妈，你说鸡又没有手怎么下蛋呢?”因此，安德鲁把这种能力归于大自然的神奇力量。当她在树丛里跟妈妈一起散步的时候，他体验到了罗宾逊的所有感受。

一天，当特雷维耶尔夫人坐在橡树下织衣服的时候，安德鲁发现了一只鼹鼠，是一只死去的鼹鼠。安德鲁对着妈妈大喊道：“你不会袖手旁观吧？快看，看树上！”他抬起头，看到树上有一只松鼠在树枝间跳来跳去。他妈妈是对的，松鼠可比死鼹鼠有吸引力。可是松鼠跑得太快了，一下子就窜没了。安德鲁问妈妈松鼠是不是有翅膀，路过的人听到这个问题都不禁笑了，摘下稻草做的帽子跟特雷维耶尔夫人打招呼。“早上好，夫人！最近怎么样？我们又见面了。那是你的小家伙吗？真漂亮！他们告诉我你来这里跟特雷维耶尔爸爸妈妈一起生活。我请求您的原谅，你知道我跟他已经认识多年了。”

“我们来这儿只是因为小家伙需要新鲜空气。我丈夫还活着的时候，你就在这儿了。”这个年轻的寡妇颤抖着声音说出这些话。他严肃地说道：“我能理解，夫人。”然后他低头敬礼，停顿了一下，继续说道，“那时真是好时光！我可怜的艺术家，我可怜的米勒。啊！我还是画家的朋友。我知道所有的人。”

“你的工厂怎么样了?”

“我的工厂？哦！泡汤了!”

“妈妈，妈妈!”安德鲁冲过来喊道，“那个大石头下有好多瓢虫，有一百万个，真的!”

“安静！去那边玩!”妈妈说道。

画家的朋友继续说着：“真高兴再次见面。我朋友总是问我特雷维耶尔夫人怎么样了。我总是会说特雷维耶尔夫人比以前更漂亮了。再见！夫人!”

“再见，拉萨尔先生。”

安德鲁又跑过来了。“妈妈，为什么人们说瓢虫是好虫虫，为什么不是所有的昆虫都是好虫虫？妈妈，有坏虫子吗?”他用力拉着妈妈的衣服。妈妈责怪他：“安德鲁，我在讲话的时候，不要打断我说话。知道吗?”

“为什么不能打断?”

“因为这样很没有礼貌。”

安德烈哭了，妈妈给了他很多吻来安慰他。于是他们一起愉快地回家了。

这是另外一个开心的日子，可以让人想起山顶上蔚蓝色的天空，围绕着白茫茫的雾气，阳光从中投射下来，给人的心灵带来温暖。

皮埃尔

“夫人，你家小男孩多大啦?”

母亲看着自己的孩子，就像一个人看着时钟去确定时间一样，然后回答道：“嗯，皮埃尔！他大约二十九个月大了！”如果她直接说皮埃尔两岁半就更好了。但是，皮埃尔十分聪明，在他这个年纪算是做了很多显著的事情。如果他年纪再大一点，哪怕是表现得如此优秀的话，也许别的母亲会表现出少一些的嫉妒之情，他也不会像现在这样被称作神童了。另外一个她不希望谎报皮埃尔年龄的原因是：她希望皮埃尔永远是自己的小宝贝，她的小宝贝。她感觉到随着时间的流逝，皮埃尔也一天天渐渐地从她身边溜走。这些忘恩负义的小东西，他们总是下决心要让自己不再随波逐流。最初的分离日期就是与母亲的身体分开的那天。从那之后母亲只能用双臂来抱着孩子。因此，皮埃尔现在只有二十九个月大。这真的是个好年龄！我十分尊敬这个年龄。我有几个这般大年纪的朋友，他们的举止都很气派。但是，他们中没有一个人有皮埃尔这样超强的想象力。皮埃尔表现出了非凡脱俗的才能，以及变幻莫测的获取想法的能力。有些是从遥远的过去获取的。他能记住一个多月不见的人的面孔，他能从图画书的人物中分辨出让他感到魅力非凡、印象深刻的人。当他翻页的时候，如果他看到最喜欢的那个人，即使才翻了半页过来，他的双颊也会变红，眼睛里也会闪烁病态的亮光。他妈妈对皮埃尔脸上发红的表情以及明亮的眼眸感到害怕。她害怕皮埃尔的小脑袋瓜过于兴奋，她甚至想过，皮埃尔是不是感冒了，或者其他一切可能的情况。有时候，妈妈甚至希望皮埃尔能像面包师家的小男孩那样。每天她都能看到那个孩子坐在店铺外面，脸上五官平平，一双蓝色的眼睛毫无神情，胖胖的双颊下一张嘴巴不会说话，整个人透出一股呆呆的但健康的气息。那个孩子的母亲根本没有必要为他而感到担心，任何时候都没必要为他感到担心。但是皮埃尔！他脸上的颜色经常出现，他的小手烧得特别热，整个人一整夜都在他的儿童床上翻来覆去地打滚。就连医生现在也不赞成给皮埃尔看那些图片了，他说这孩子不能再受刺激了。“把他当小狗狗来养吧，”医生说，“那样并不难做到。”其实医生错了，其实把皮埃尔当小狗来抚养是十分困难的一件事。医生完全不知道一个二十九个月大的小男孩的心理情况，他能确定小狗会一点病也不会生，健康地长大吗？这只六周大的小狗整夜整夜地做梦，一会儿大笑，一会儿大哭，它哭笑变换的频率让人感到崩溃。它常常在我房间里发出吵闹声，这其实是一种不正常的表现。大部分时候它都不能安静地待着。是的，事实就是如此！这个小动物就像皮埃尔那样日渐消瘦。虽然如此，它还是活了下来。跟这个小狗类似，皮埃尔的精力旺盛，这从根本上来讲并没有错，但是，我们更乐意看到他长胖一点点，我们不愿意看到他面色那么苍白。巴黎不适合这个小家伙定居，而他也不喜欢这个地方。相反，皮埃尔一直可以自娱自乐，他有很多小动作，他想象力丰富，理解力超群。每次出去的时候，皮埃尔总能发扬出身上的这些优点。

去年七月的时候，他妈妈带着自家这个面色苍白的可怜的小家伙去了瑞士，在那儿他只能看到满山遍野的松树，绿色的草原，还有山谷下面放牧的牛群。皮埃尔在那个宁静的地方生活了三个月。这三个月是充满欢声笑语的三个月，他还吃了供应不限的黑面包。当他十月初回去时，就完全变成了一个全新的皮埃尔：原先瘦削的脸庞养得圆鼓鼓的，一双手变得黝黑，声音变得悦耳浑厚，而且总是发出由衷的笑声。

“看看皮埃尔！他变得真丑！”他的妈妈喊道，“他的脸简直跟荷兰的洋娃娃没有差别。”

但是，皮埃尔的肤色并没有持续很长时间，不久后又变回了苍白病秧的面色，整个人又变得易于兴奋激动，给人一种异域的感受。巴黎再一次对这个孩子产生了影响。当我说巴黎的时候，我指的是巴黎这个城市在精神层面给皮埃尔带来的影响，而不是物质层面的影响。这些物质层面的东西在哪儿都可以看到，而精神层面的东西却会让一个人充满渴望，让人变得焦躁不安，让人的大脑不断地工作。这种作用不仅会影响大人，甚至也会影响到一个小孩子。皮埃尔又像往常一样因为看图画书而变得情绪激动，整个人越来越苍白。那一年十二月末的时候，我发现皮埃尔还是跟以往一样容易紧张，眼神无光，双手发烫。他的睡眠质量极差，而且吃进去的东西也不能消化吸收。“没关系，”医生说，“让他吃多一点食物。”是的，可是怎样才能让他多吃呢？她的妈妈整日为他担心。圣诞节前夜，大家给皮埃尔准备了洋娃娃、玩具马和士兵等礼物。早晨，他妈妈穿着晨衣，站在火炉前，看着这些玩具自言自语道：“这些东西会让他情绪更激动。是不是有点太多了？”为了不吵醒皮埃尔，她悄悄地把那个士兵拿走了，生怕这个玩具有一天会激发皮埃尔去战场。她甚至还把那个红色的马匹拿走了，藏到自己的橱柜里去了，只留下了一件东西在壁炉前，——一只白色的盒子，某个穷人送给他的价值十八便士的大牧羊场。做完这一切，妈妈在小皮埃尔的床边坐了下来，盯着她的孩子看着。作为一个女人，这种善意的瞒骗行为没有让她胡思乱想，她只是微笑了一下。然后，她的目光被孩子眼睛周围蓝色的线吸引了过去，不由得自言自语道："孩子不吃东西真是太糟糕了。"皮埃尔醒来，穿戴整齐后就打开了盒子，看到了绵羊、奶牛、马匹、树木以及卷曲叶子的小树。实际上，与其说这是一个大牧羊场，不如说它是一个农场。他看到了农民和他的妻子。农民拿着一把大镰刀，而他的妻子则拿着耙子。他们准备去牧场收割牧草，但是却没有出发的意思。农民的妻子戴着一顶稻草做的帽子，身穿红色的连衣裙。皮埃尔亲了她好几次，油漆都沾到他脸上了。然后他看着那座房子。那座房子又小又低，农民的妻子在屋子里甚至都无法直起身子。因为有一扇窗户，皮埃尔才明白这是一座房子的。这些东西如何折射在小孩子纯真的眼睛里？无论效果如何，孩子的眼神里总会流露出狂喜之情。他会用小拳头抓住这些礼物，然后紧紧攥在手中。他把这些玩具摆放在小桌子上，用喜爱的小孩子口音叫他们的名字："达达！头头！哞哞！"他拿起一棵树干纤细的圆锥形的树说道："一棵松树！"这些他妈妈从来都不会猜到。为什么一棵枝干细小圆锥形的树就一定是松树？这个问题他妈妈也不知道，直到皮埃尔告诉了她。"我的天使！"妈妈喊道，然后给了皮埃尔一个拥抱。与此同时，皮埃尔继续探索盒子里的那些树与群山之间的那些树的相似之处。他当然有了一些他妈妈都不知道的发现。这些涂着颜料的树木给他的思想带来了新的认识。因为这些礼物，小皮埃尔的日子再一次回到了阿尔卑斯山那段时光。他仿佛回到了瑞士，不想吃东西。一个又一个想法在脑海中浮现，于是他开始想念食物。"我得吃点面包，喝点牛奶！"他说道。于是，皮埃尔开始吃东西。他又恢复了食欲。第二天，他看着牧场盒子，又有了饥饿的感觉。这就是想象的力量了！两周之后他又变成了一个结实的小孩子。他的妈妈看到这些改变，一阵狂喜："看，快看！他的脸颊！多亏了布兰克的这个礼物！"

杰 西

在伊丽莎白时代，有一个农民居住在伦敦。这位名叫鲍格斯的男人非常好学，他写过一系列关于人类错误的书籍，当时的人们可没读过这样的书，因而他声名大噪。

鲍格斯虽然在伦敦已经写过二十五年的书，但从未对外发表过一本。他的手稿都整齐地排列在橱窗里，足足不少于十册。在这些书中，他第一个写到的就是人类最初的错误，也就是可以衍生出其他错误的源错。其他几册图书则分别谈论了小女孩和小男孩们犯的错误，年轻人的错误，成年人的错误，老年人的错误以及不同职业的人所犯的错误。这些不同职业的人又包括了发言人、商人、军人、厨师、政客等。

然而，这个系列的书籍里，总结的几册书还未完成，是对主体政治错误的分析。这是所有错误的源头，个体所犯的错误以及个人群体所犯的错误构成了这一类错误。这部巨著的论说环环相扣，完美论述，去掉任何一页都会破坏整体的连续性。书中还一一有序列举了作者的论据，最后用论述毋庸置疑证明了邪恶才是生活的本质。如果说生活可以量化的话，也许可以精确地说邪恶的占比跟地球上人的数量一样多。

鲍格斯还没有结婚，他独自居住在一个简陋的房子里，只有一个叫凯特的年老的管家陪伴着他。管家全名叫凯瑟琳，凯特是她的昵称。鲍格斯经常喊她克劳圣西亚，因为她来自南安普敦这个在罗马克劳森特姆城之后建立的小镇。

鲍格斯的妹妹可没有他那么卓越，所以犯了一系列的错误。她爱上了城市里一个卖布匹的商人，最终为他生了一个小女儿，名叫杰西。她最大的错误就是十年后去世了，她丈夫因为离开她无法活下去也随她而去。鲍格斯把孤苦伶仃的杰西带到自己家里，一方面是因为舍不得小杰西，另一方面刚好他开始写孩童的错误这本书，杰西可以给他提供一些珍贵的材料。

杰西那时六岁。刚去鲍格斯家的前八天，她一直哭，一句话也不说。到第九天的时候，她终于对鲍格斯说："我看到了妈妈。她穿着白色的衣服，衣服上还装饰了花朵。她把那些花朵洒在我的床上，可是我今天早上起来就找不到它们了。快还给我！把妈妈的花朵还给我！"

鲍格斯记录下了这个错误，但他在旁边标记着这是一个纯真的错误，完全不会让人反感讨厌。这件事情过去了一段时间后，杰西又跑来跟鲍格斯说："鲍格斯叔叔，你又老又丑，但是我爱你，你肯定也爱我。"当鲍格斯提起笔准备记录的时候，做了一番思想斗争，他才意识到自己已不再有年轻的容颜，他也从来没有特别帅气过，他忍住不记录下孩子的评价，仅仅回答道："为什么我必须要喜欢你呢，杰西?"

"因为我小呀，"杰西回答。

"是这样的吗?"鲍格斯想了想，"我们得喜欢小孩子，这是真的吗？尽管充满疑惑，实际上他们确实需要爱。这可能会怪罪于妈妈的错误，她不仅给了孩子奶水，还给了孩子很多爱。这里我得把作品里的这一章重新写一下。"

在鲍格斯生日的那天早晨，他走进自己收藏书和纸的房间时，闻到一股令人心情愉悦的香气，然后就看到窗沿上的一罐子康乃馨。虽然一共只有三支花，但它们的颜色确实鲜红色的，阳光正好和煦地照耀在花朵上。在这个充满学习氛围的屋子，一切看上去都在微笑：铺着旧织锦的摇椅，胡桃木的桌子，甚至那些在黑暗中包着小牛皮纸的古老书籍都在微笑着。像它们一样枯萎的鲍格斯也开始微笑。

“看，鲍格斯叔叔！”杰西一边说，一边给了他一个吻，“这里是天堂（她指向了外面的蓝色天空），这里低一点的地方是土地，开满鲜花的土地（她指向了那个粉色的罐子），那里再低一点的地方，那些放黑色的书籍的地方就是地狱。”

那些黑色的书籍不偏不倚正好是那十册《人类错误专著》，整整齐齐地排在窗台下的地方。

杰西这种错误提醒了医生他还有要做的工作。近来由于要带杰西出去街上和公园里散步，鲍格斯几乎都忘记了这些书。在刚才的这个过程中，杰西发现了成千令人高兴的事物，她不断跟鲍格斯说这些东西，导致鲍格斯人生第一次把头伸出了窗外看。他本来是要去手稿那儿，但不知什么原因，自己居然不再熟悉这些作品。杰西和那些花儿也一样让他感到不熟悉。

运气好，在这个关节点上他突然想到了哲学以及杰西代表的经验想法在这个世界上并无用处。鲍格斯很同意这个观点，这一点对于他完善和维护自己的理论至关重要。

直到有一天，当他又开始思考这个主题的时候，他发现杰西在他图书馆那个摆放过康乃馨的窗台下穿针。

他问杰西想要缝什么？

杰西说：“鲍格斯叔叔，你说什么！”杰西继续问，“你难道不知道燕子已经飞走了吗？”鲍格斯对此一无所知，因为这个问题他根本就不知道。

“是的，”杰西继续说，“凯特昨天跟我说了。”

“凯特！”鲍格斯喊道，“这孩子说的是克劳圣西亚吗？”

“凯特昨天告诉我说：‘今年燕子比往年都走得早一些。冬天可能要提前来临了，我们会有一个严冬要过。’这就是凯特说的话，然后，我就看到了妈妈。她穿着白色的衣服，头后面散发出明亮的光芒。这一次她没有带着花朵，她跟我说：‘杰西，你得带着鲍格斯叔叔的毛皮斗篷，如果有必要的话，缝补一下斗篷。’我就醒了过来。然后我穿好衣服就去书籍那儿把斗篷拿了过来，发现有好几个地方都磨破了，所以我准备缝补一下。”

冬天终于来了，验证了燕子们的预言。鲍格斯穿着自己的斗篷，坐着努力拼凑出几章文字。每次他努力想把新的经验与原来世界本恶的理论相结合时，杰西都会给他带来一罐麦芽酒，或者给他看看她的眼睛，还有脸上的笑容。然后鲍格斯的所有理论都被吹散在风中。

夏天再度来临的时候，叔叔和侄女到乡村去散步。杰西通常会带回来一些花朵和草药，晚上的时候，她叔叔会坐在她身旁，告诉她这些花朵和草药的名字，而杰西就会按照它们的特点来排列好。

一天晚上，她把白天里采集的鲜花铺到桌上，一边对鲍格斯说："鲍格斯叔叔，我现在认识你给我看的所有植物。这些是有治愈功效的植物。我想把它们按照我认识它们的顺序排列好，这样我还可以向别人介绍一下。我要找个大书把它们夹在里面。"

"拿这本，"鲍格斯说着指了指人类错误条例第一册。当这一册书的每一页都夹满了植物后，他们就换到下一本书。三年后，医生的这些杰作就完全变成了植物标本集。

致D夫人

——巴黎，188×年12月15日

这里新年将至，到了人们相互送礼和表达美好祝福的日子，在这样的日子里，孩子们才是最大的收获者。这也完全正常，一方面孩子需要我们投入更多的爱，另一方面他们虽然什么也没有，但却散发出一种特殊的魅力。即使是出身富贵家庭的孩子最初所拥有的也只有人们给予他的东西。他们不会给我们回礼，可这正是我们喜欢给予他们东西的乐趣。世上万千事，要数给小孩子挑选玩具和书籍最为有趣了。迟早我得写一写给孩子挑礼物这门学问，这可是我特别感兴趣的话题，不过现在我可没有胆量着手，得长期细致地准备一番。今天，我要来聊一聊那些专门为孩子设计的娱乐书籍。你们好意邀请我来聊一聊，我恭敬不如从命，就此话题说一点自己的想法。

在开始前，我们需要回答一个问题。当我们为孩子制作书籍礼物的时候，我们需要特地选择专门为孩子所写的书籍吗？如果要回答这个问题，我们自己本身的经验就足够了。众多事例都表明了一个令人无法忽视的事实，孩子们对“少年”的书籍通常会表现出反感的态度，个中原因太显而易见了。孩子拿到一本书，只要读上一两页纸就会发现作者努力走进儿童的世界，而不是让儿童走进作者的世界。最终，他们明白在作者的带领下，就不要指望能找到一种可靠的方法满足他们对稀奇的事物和未知存在的渴望。这些新奇的事物和未知存在使人们在任何年龄都能充满活力。因此，他们意识到，在他的指导下，他们不能期望找到一个意味着可喜的小说和未知的人类在每一个年龄段的激情了。

小孩子虽然年少，但他们已经拥有了像学生和诗人一样对知识的渴望。他们希冀有人能直白地给他们透露一下宇宙的秘密。于是，作家就来给孩子们透露秘密，坚持不懈地琢磨他们自己的孩子气，又不断地让孩子们感到很无聊。然而，这正是那些致力于为孩子创作的作家一直努力所做的事情。他们试图把自己放到小孩子的角度思考问题，这样的换位思考初衷很美好。他们变成了孩子，但是却没有孩童的纯真或优雅魅力。

我记得一个人曾经给我讲过的故事，大约是关于学校里火灾的事情。那时候的我只有七岁，正是充满好奇心的时候，可还是能从火灾里感受到一种悲伤的情绪。另外一个故事本来足以让我讨厌书籍，可我还是喜欢阅读。你也许认为我们必须尊重孩童的理解力是有限的。这一点毋庸置疑，但是普通的方法只能取得一般的效果，这种方法通常是用一种道学先生的口吻无病呻吟地讲述一些脆弱的东西，自动不讲那些大人们喜欢的东西。

没有什么能像一个高贵的天才一样吸引住少年的注意力。小男孩和小女孩们最喜欢的是那些伟大的作品，这些作品想法独特，内容构造巧妙精致，整体散发出迷人的光芒、活泼的风格以及深刻的意义。我经常给很小的孩子们读翻译过来还不错的《奥德赛》的段落，他们都很开心听这些故事。如果我们抛开相当大的一部分不谈，对于一个十二岁的孩子而言，最好的事情莫过于让自己沉浸在《堂吉诃德》的故事里。自从我开始学习阅读以来，我自己已经拜读了伟大的塞万提斯的这部作品。我是如此热情地爱着他，我完全能理解他的精神世界，正是因为他我才培养了至今为止还拥有的这种活泼的精神面貌。

一百多年来，《鲁滨孙漂流记》已经成为儿童作品的经典代表，其实它一开始却是写给严肃的大人、伦敦的商人以及作者所在的皇家海军里的水手们读的。作者将所有的艺术都融入这部作品里，他的智慧、广博的知识和经验完全呈现在作品的字里行间。然而，最终这部作品却成了给学校孩子们带来娱乐的书籍。以上我列举的这些巨作要谈起来都有一大段故事可讲，它们嬉笑谈论众人以及发生在这些人身上的故事。世界上最好的书如果通过抽象的形式来表达观点，就不会对孩子传达任何东西。

人的抽象思维能力以及理解抽象概念的能力发展得很晚，而且因人而异。我上初中的时候，曾经的老师教我们在假期通过阅读大人的书籍来愉悦自己。他想让我们相信他也在阅读这些书籍，这样会给我们留下这样的印象。如果一个孩子对大人的书籍都感兴趣的话，也是很怪异的一件事情。就我个人而言，我认为这种书并不是对任何年龄层的读者都有吸引力。当我们为小孩子写书的时候，不要为了迎合他们的口味而创造风格。我们只需要锻造出最好的想法，然后呈现出最好的作品，这就足够了。创作只需要表现出整体故事，让每一个描述的对象处于宏大的布局内，努力使得故事有宽度有力度有活力。这就是愉悦读者的秘诀之一。这样说，我得说所有人都知道这一点。在过去的十年间，我们法国人以及周边全世界的人一直在自欺欺人，认为只需要让孩子读一读科学的书籍，害怕让他们接触诗歌。这种观点如此根深蒂固，即使到了现在如果哪个人拿出一本夏尔·佩罗[①]的诗歌，我们都会认为这是给艺术家或者藏书家看的。类似的一些诗人的作品现在也只有收藏家才会购买，然后用摩洛哥皮把它们包装好。

我之后看了一些给孩子的礼物书籍的图画目录。看看都是怎么排列这些事物来吸引小孩子的眼球：螃蟹、蜘蛛、毛毛虫的虫窝还有燃气机。看了这些，完全不想当个小孩子。每年我们和家人都会被无数的畅销科学书籍所淹没，这些书籍就像海浪一样不计其数。我们盲目地被这些书籍淹没。可是，正是这些不计其数的书籍，其中也没有一个能吸引眼球；这些书籍没有伟大的思想，没有艺术性，没有品位，更不要谈人性了，全都在介绍化学现象和生理现象。

昨天有人给我看了一本男孩子的书《工业的奇迹》！下一个十年，我们都是电器学家！为什么这么说？著名的路易斯·费及耶[②]

---

① 夏尔·佩罗（1628—1703）：诗人、学者，也曾做过律师，在十七世纪法国文坛很有名望。最为人知道的是他的童话作品集《鹅妈妈的故事》。

② 路易斯·费及耶（1819—1894）：法国作家、科学家，著有《大洪水之前的世界》。

先生一如既往地认为法国的小男孩和小女孩们不要去读《驴皮公主》的童话故事。他还写过一个序言，告诉家长们不能再让孩子看夏尔·佩罗的童话书，推荐孩子们阅读他一个医生朋友写的书。“天啦！快合上你们那些童话书吧，别再读什么让你们泪眼婆娑的蓝鸟的故事了。天啦！看看一些现在的东西！学点醚麻醉法的知识。你们这些七岁的孩子，看看这些，你们现在可不懂一氧化氮的麻醉特性！”

路易斯·费及耶先生已经发现童话故事都是想象所创造出来的东西，因而他无法容忍大人们给孩子讲这些虚幻的东西。他会跟他们讲海鸟粪，这可是实实在在的东西。但是，医生啊，童话之所以存在是因为它们是想象出来的。它们存在于那些没有艺术的无敌想象之中，想象能够自然而然地包容诗歌的形式，而这些诗歌是传统的存在，永远不会过时。

即使是最不起眼、不惹人注目的小书，如果它能启发出一个诗情画意的想法，又或者让人引发伟大的情感，如果它能够触碰到人的灵魂深处，那对孩童和年轻人而言，就比你满篇介绍无边无际的机器的书籍更有价值。必须有给小孩子看的童话书籍，也必须有给大孩子看的童话书籍，这些书会逗得我们哈哈大笑，也会让我们感动得流泪，还会吹着我们飘飘荡荡到充满魔法的王国。

直到今天，我才领略到巴沙萨·贝克尔[1]《奥妙的世界》这本收录了十几篇童话故事的小书的美妙。这位博学多才的善良作家将这些作品收集起来聚集成册，并在前言里表达了人类灵魂深处对魔法故事的久远而深切的渴望。人类忘记已有现实世界，忘记现实世界里的失望和窘迫的这种需求变得越来越普遍了。想象的能力是人类区别于其他低等动物的特点，而不是微笑的能力；想象的能力赋予人类崇高的地位。孩童可以感受到这些，感受到梦想的渴望。他可以感受到想象力在自己体内翻腾，于是他渴望听到童话故事。他们用自己的方式重新定义了世界的潮流，童话故事的浪潮推动者虚弱的人、单纯的人还有年轻的人重塑了自己的梦想。这也是为什么说童话故事的影响力是最令人喜爱的原因。

它们启发了想象，推动人类的情感，并且激发喜爱之情。永远不需要担心这些童话故事会让孩童的脑海中充满了妖魔鬼怪和

① 巴沙萨·贝克尔（1634—1698）：荷兰教士、作家，写过很多哲学和宗教的作品，如《奥妙的世界》。

仙女，而带领他们走上歧路。孩子们有辨别是非的能力，他们清楚这些幽灵幻影根本不属于这个世界。相反，你的那种受欢迎的科学知识才会带来危害，给孩子们带来一些很难根除的错误印象。小孩子们通常拥有很强的信念，当儒勒先生告诉他们时，他们就会相信人可以坐从大炮里发射出的飞行器去月亮上，身体也可以摆脱地心引力的作用。这些古代脆弱滑稽的天文学曲解对孩子既没有真理的启发，也没有美的欣赏。从这些不严谨的科学里孩子可以得到什么？从这些所谓的实际文学里孩子们从思想到心灵层面可以获得什么收获？

我们最好再次回到美丽的传说世界里，回到诗人和民族上来，回到那些让我们能紧张兴奋地感受到神圣和魅力的东西上来。

不幸的是，许许多多国外的化学家们刚刚也用一种怀疑的态度来看待想象力。他们错了！正是想象力才在世界上种下了美好和美德的种子。正是想象力才给世界带来了伟大之处。亲爱的孩子的母亲们，请不要担心想象力会伤害到您的孩子。相反，她可以让您的孩子免于粗俗的失误和轻率的错误的伤害。

劳拉、 雷蒙德和奥克塔夫关于童话的对话

劳拉

日落那儿横跨着的那条紫色的地带已经渐渐消失了。地平线现在散发出橘黄色的光亮，它上面的天空浮现出淡绿色。你看！那里出现了第一颗星星。你看到它发出的白色的光多微弱！你看！另外一颗星星出现了，又一颗星星出现了！很快夜空中就会布满不计其数的星星。森林里的树木生长得郁郁葱葱，投射出高大而又神秘的影子。充满荆棘的篱笆中一条蜿蜒的小道伸向远方，它的每一个石头在今夜看上去都充满冒险气息和神秘气息。不管我愿意或是拒绝，我的想象告诉我这条小径会通向梦想的仙境王国。夜晚真美妙！空气真甜美！我正在倾听，兄弟姐妹们，给我们讲讲神话故事，你不是有很多这样的令人感到神奇的事情吗？但是，我求求你不要毁坏它们。我可告诉你我很喜欢它们，这也是为什么我对女儿感到恼怒的原因，她一直想要知道那些巨人、食人魔和仙女们是不是真的存在。

雷蒙德

她生在这个时代，在长出智齿懂事前，她会一直对这个世界充满怀疑。我没有在那个学校上过学。我也不是一个穿着短衣服的哲学爱好者，但是我仍然相信童话，相信有小精灵的存在。妹妹，这个世界上真的有精灵存在，因为人类创造了她们。只要人们想象过的东西，它们就是存在的。它们是唯一的真实存在。如果一位得道僧人跟我说："我看到过恶鬼，他长着两只角，身后还有一条尾巴。"我可能会对那位僧人说："高僧，即使恶鬼真的不存在，你也把它给创造出来了。毫无疑问现在经过你的描述，它已经成为一个真实的存在了。小心他去找你。"堂哥，小心你相信精灵、巨人和其他一切类似的东西存在。

劳拉

哦！我们来谈谈精灵吧，其他的就不要谈了。你刚才说博学多才的人也会被我们的童话故事所困扰。好吧，我再说一次，我特别害怕他们会毁了这些。不能想象护士不再讲小红帽的故事，而让她们去学院。哦！太可怕了！

奥克塔夫

我觉得我们现在学习的人在他们的创作中表现出了更多的鄙

视。但是，我看到你们是一群好家伙，你们居然不鄙视那些结尾模糊又纯真的故事。

劳拉

如果你喜欢的话，会发现童话故事既荒诞又充满孩子气。但我发现很难让别人承认这一点。我是如此爱它们。

雷蒙德

哦！同意你说的话！不要害怕。《伊利亚特》也是本幼稚的书，那是人们可以读到的最崇高的诗歌。最纯真的诗歌正是在民族刚开始时人们唱出的歌谣。世界的各民族就像歌里的夜莺一样：他们只要心脏是明亮的，就能唱出动听的歌声。当他们变老时，他们变得严肃，学识也增加了，饱经忧患，那时候他们最好的诗人是伟大的修辞学家。当然，“睡美人”也是一个孩童读物，这也是为什么它会是奥德赛的一章节。充满魅力的纯真与简单，以及原始时代神圣的天真，这些我们在经典时代的文学创作中从未找到过，但它们却被完好无损地保留到了童话故事和世界民谣的歌曲里。我们得像奥克塔夫那样快点表明童话故事是非常不合理的故事。如果童话故事不荒诞的话，就不能吸引人的注意力了。也许你会据此说，人们称之为不合理的东西恰恰是符合品味的美丽和甜美，也是唯一给我们生活加入优雅的东西，让我们不至于无聊死。一首有判断力的诗歌！一座显著的雕像！为什么所有的人，即使内心有情感，也会对此打个哈欠。天，看看你，堂妹！你裙子上那些荷叶边，褶皱还有蓬蓬的形状和打结，使得整件衣服看上去都很搞笑。我得祝福你！

劳拉

别再说这些装腔作势的东西了，求你了！你根本什么都不懂。我告诉你在艺术里过于感性没什么用。但是在生活中……

雷蒙德

生活中唯一美好的事物就是激情，而激情也很可笑。最好的东西往往都没有什么理由，这就是爱。还有一个东西没有那么不合理，那就是贪婪。但是，贪婪丑恶得可怕。狄更斯曾经说过，疯子是唯一能让他提起兴趣的人。他不会时不时地就把风车房当作巨人。伟大好心的堂吉诃德被自己的魅力迷倒。他用自己伟大的灵魂来丈量所有的事物。我告诉你，这可不是欺骗！你真正要欺骗的人是那些从来都看不到这个世界上的雄伟和可爱之处的人。

奥克塔夫

雷蒙德，我觉得你高度重视和赞扬的这种“荒诞”其实来源于想象，你刚才表达的那个想法虽然明显地矛盾，但是，想象力使得艺术家变成了一个感性的人，想象力使得一位英雄变成了一个勇敢的人。

雷蒙德

你这个说法完全准确地描述了我的一部分观点。但是，我很想知道你是如何理解"想象"这个词语的。在你看来，它是不是能够使人们想起哪些事情是真的，哪些事情是假的。

奥克塔夫

我知道的所有知识就是如何种大白菜，让我谈论想象就像让一个盲人去看色彩一样。但我认为当想象给生活添加了新形式或新想法的时候，它也不值得跟保存相提并论。也就是说，当一件事情被创作出来的时候，记得保留它才是最重要的。

雷蒙德

然后，根据你的定义，想象根本不算人类的一个才能。人类完全不能想象他们没有看到过、没有听到过、没有感受到过的东西。鉴于此，我很满意自己是个老古董。我以老友之名义发誓，我们是通过感受才想出的这些想法，想象不仅在于创造，还在于那些接上的思绪想法。

劳拉

你们怎能这样说？为什么？我想看到天使就能看到天使！

雷蒙德

你可以看到小男孩和小女孩们带着鹅翅膀。希腊人以前常常可以看到半人半马和鹰身女妖，这是因为他们以前见过人、马、女人、鱼和鸟，然后就发挥自己的想象力创造了上面的东西。现在，以斯维登堡为例，他也颇具有想象力。他告诉我们所有关于火星、金星和土星居民的故事。好吧，他给它们赋予了不止一个属性，这些属性在这个地球上还不存在。但他以最粗暴的方式把这些东西结合起来。他谈及了所有的时间。现在从另一方面来看看这些美丽的孩子般的想象力可以产生什么。荷马，或者说得更准确些，未知的人，我们给予他们名字，他们会让一个年轻的女人从灰色的海面上像云一样上升起来。她会以无比淡定的口吻说话，还会哀叹自己的命运。“天啦！哦，我的孩子，”她说，“我为什么要培养你？不幸是我领你来我家的命运。但我会去奥林匹斯山白雪覆盖的山顶；我将进入宙斯的房子；我要将我的手臂环绕在他的膝上。我相信他将让我的祈祷成真。”

这是女神忒提斯！大自然提供了女人、海和漂移的云；诗人将这些事物编织在一起。诗歌和魅力都依赖于这些快乐的联想。穿过这些相互交织的暗花纹树枝，月亮的一缕光线沿着白桦树镀银树干倾斜而下。瞧，它颤抖着！这光线只有一缕，它是一个仙女的白色翅膀。如果孩子们看见了，就会满心带着欢喜地跑走。就这样精灵和众神出现了。在超自然的世界中，没有像自然界中存在的原子。

劳拉

毫无疑问，希腊史诗作家荷马笔下的女神和夏尔的精灵都是拼凑出来的！

雷蒙德

两者都有相同的起源和性质。你的国王、白马王子和童话里的公主像阳光那样可爱；你的巨人曾经吓到过小男孩和小女孩，也给他们带来了喜悦，他们也曾经变成过神和女神。这些事物也曾经给我们遥远的祖先带去恐惧或欢乐。比如蓝胡子是一个老掉牙的故事，它来自非常遥远的土地。

劳拉

现在，那它们从哪儿来的？

雷蒙德

啊！只有我知道！有些人传承着这些故事，一直保持到今天。他们来自印度的酷什。他们在那些荒凉无家可归的土地上所长的橡树下创造出这些故事。在那片土地上，他们的祖先希腊人、拉丁人、凯尔特人和德国人曾经流浪过。这种观点是非常严肃和有学问的人所持有的观点，如果他们错了的话，那也不是轻浮的错误。人需要一个活跃的大脑来构建科学的理论。通晓多国语言的专家也许会独立得出这些语言的分数。我们所提及的那些聪明人在任何情况下都不会挣扎。但某些有关故事、寓言和传说的事实，他们会归到印欧语系的起源，把它们放到一个可怕的窘境。当他们已经采取了很大的努力向你证明驴皮公主来自印度酷什，列那狐的故事是完全来自贾菲斯！一个探险家带着他的发现到达了，告诉他们列那狐在祖鲁人中间的消息，而驴皮公主的故事在巴布亚家喻户晓。这对他们的理论是一个可怕的打击。但理论天生是被作为目标来用的，理论会落空，理论会扩张，理论最后像泡沫一样爆裂。然而，有一件事就足够了，童话故事，尤其是佩罗的童话故事，这是源于人类最古老的传统。

奥克塔夫

雷蒙德，等一会儿。我对如今的科学知之甚少，我是个农民，而不是学者。但是我记得自己曾经读到过的一本小书，里面记录了巨人或食人魔就跟黑暗时代肆掠欧洲的匈奴人差不多。蓝胡子的故事就是根据那时候让人感到恐怖的马夏尔怪人所编的，他因为犯的罪在查理七世当政时期被判绞刑。

雷蒙德

我亲爱的奥克塔夫，我们已经离这些观点很远了。你提到的那本小书是由拜伦写的，简直就是浪费纸张。虽然在十一世纪末，匈奴人像蝗虫一样踏平了欧洲，就像野蛮人一样。但是罗马语言里对他们名字的称呼却与拜伦的作品里完全不同。狄叶慈把“食人魔”的历史追溯到更远的古代。他认为这个词语来自拉丁语的死神，但阿尔弗雷德·穆雷却认为它来自意大利的伊特鲁里亚。死神是地狱之神，会吃鲜肉，尤其喜欢吃刚出生的婴儿。现在毫无疑问上面提到的那个人吉勒斯·德·雷茨在 1440 年就被处死了，但是并不是因为杀了自己的七个妻子。他的故事完全不像神话故事，将蓝胡子说成是那个让人讨厌的恶棍对他一点也不公平。蓝胡子才没有画上画的那么黑。

劳拉

他没有画的那么黑？

雷蒙德

他根本不是黑色的，他是跟太阳差不多的颜色。

劳拉

什么！太阳杀了他的妻子吗？那他回过头有没有杀死那条龙和火枪手？他不会做的！我对你说的匈奴人或者你口中的吉勒斯·德·雷茨一无所知；但我必须说，我同意我丈夫的观点，如果设想这是历史事实似乎更符合常识……

雷蒙德

啊！表哥，没有什么比常识更瞎扯的东西。你和世界上的其他人一样。如果每个人都出现了错误，就会有终结的时候。所有的错误结论都是常识性的结果。表哥，你得注意这一点，因为所有的愚蠢和犯罪行为都是以它的名义所犯下的。因此，别再说这个事儿了，我们回到蓝胡子的故事里来，看看谁是太阳，他杀死的那七位妻子是不是七个黎明。在吠陀圣歌里所庆祝的星星，我得承认，在高卢人的文化里是以一个封建暴君的形象出现的，但保留了这个暴君的一个属性，说明了故事的古老起源，也使我们从这个邪恶的男爵身上看到前太阳神的影子。因为他的胡子，他才得到蓝胡子的名字，这个特征立刻把他与印度教的因陀罗身份的蓝色色调联系到一起。这位是天上的上帝，是阳光、雨和雷电之神，他的胡子就是蓝色的。

劳拉

现在告诉我，那两个骑士，一个是不是龙，另一个是不是印度的火枪手？

雷蒙德

你知道狄奥斯库里和马人艾克维尼吗？

劳拉

不知道，从没听过！

雷蒙德

印度教里的艾克维尼和希腊神话里的狄奥斯库里分别代表了晨曦和暮色。因此，在希腊神话里，是卡斯特和拳师释放了海伦，而特修斯太阳神抓住了黎明之神。龙和火枪手的故事最终结局是他们救出了妹妹。

奥克塔夫

我不否认这些解释的智慧之处，但我相信它们是毫无根据的。你只是现在反驳了我关于匈奴人的观点，反过来我告诉你，你的理论没有什么创新之处，跟我的祖父熟悉杜普伊斯、沃尔尼，他相信星座是在每一个宗教系统的底层一样。他是个值得尊敬的人，还发表了这些看法，我可怜的母亲听到耶稣是太阳，他的十二个门徒是一年的十二个月的时候，曾经非常震惊。最博学的先生，你知不知道有一个聪明人，就是我爷爷曾经让杜普伊斯和沃尔尼溃不成军？他把相似理论拿来对付拿破仑一世，证明了拿破仑不是真实的存在，他的整个故事就是一个神话。这个在一个岛上出生的英雄称霸东方和西方，却在北方的冬季失去了他的权力，从此消失在海洋上。我不记得他的名字是否很明显地预示着太阳或跟太阳有关。他的十二大元帅是十二星座的标志，他的四个兄弟代表了四个季节。雷蒙德，我非常害怕你用这种方法来理解蓝胡子的故事。

雷蒙德

如你所说，你提到的作者是一个聪明有学问的人。他的名字是巴普蒂斯，但他在 1840 年去世了，去世之前是做图书管理员的。如果我没有记错的话，他写过一本关于拿破仑的书籍，在 1817 年出版。这无疑是对杜普伊斯非常巧妙的回击。你知道格林兄弟专注于搜集德国民间故事。他们的这种做法几乎被所有其他国家的人所采用，我们现在拥有的民间收藏包括了北欧、丹麦、俄罗斯、英国、佛兰芒、意大利和祖鲁族的故事。读这些不同起源的故事，我们可以发现它们有一个共同点，那就是数量和类型相对有限。这里也许是一个北欧的故事，但它似乎又仿照了法国的传统，反过来又能再现意大利民间故事的主要特点。现在，我们可以认为这些相似之处都归结于民族关系以及思想的交流。我一直认为这样的故事作为一个整体是属于人类大家庭的。这些来自远古时期的传说和寓言为我们展示了独特的想象力。但是，没有人听说过一个地区或一个时期的人，比如祖鲁人和印度人赶着羊群的故事。我们不得不得出结论，人类早期的想象都一样，同样的现象给原始人的印象是相同的。男人体验饥饿的痛苦、爱和恐惧，他们生活在同样的天空，脚踏着相似的土地，所以会发明了一样的小剧本故事。同样，我们的童话原来只是告诉大家生命和它周围的环境，一般讲述的风格也够简单地满足人类对艺术最单纯的渴望。这种表示可能在白色、黄色和黑色人种中一样。我认为我们应该明智地坚持印欧传统以及我们的印度酷什祖先的传统。

奥克塔夫

跟着你说的内容，我更感兴趣了。但是你不害怕把话题变得如此严肃，因而使我们的谈话不那么随意了吗？

雷蒙德

实话告诉你，我愿意说一些让我们不那么担心的主题，说一点随意的谈话要比写文章的逻辑来得轻松。如果你要拿法律来攻击我的言论，我可能就会抛弃这一点。我会提一些我自己的看法，自由地表达我的思想。小心哦！如果我自我反驳的话，也许我会对你提问。我会严肃地表达观点，绝不妥协。

劳拉

我们将有机会看到这样的态度是如何适合你的表情。但究竟是什么让你这样做呢？

雷蒙德

经历！经历告诉我不管如何宽泛，只要开始说话或采取行动，那种怀疑就会停止。一旦一个人开始说话了，他就开始上纲上线了。人总会有所偏袒。在任何情况下，我都会跟你提到“也许”，“如果我可能这样的话”，还有“像以前一样”这些话，以及方言里只有勒南才会表现出的优雅语句。

奥克塔夫

哦！听从你内心的想法。不过你得有序地给我们说一说。告诉我们你现在要讲的论文吧。

雷蒙德

在一般研究的问题上，每个人都有着良好的判断力，他们已经认识到仙女的故事在古代神话中有其起源。麦克斯·缪勒告诉我们童话是神话的现代方言，而如果要进行科学研究的课题，我们要做的第一件事就是去追溯每一个现代的故事，去追溯传说中的原始神话的起源。

劳拉

那么，你做了这个工作吗？

雷蒙德

如果我真的做了这个蠢疯了的事情，我头上就不剩一根头发，我也没有心思在这儿跟你们一起聊天。这份工作尚未完成，但我已经收集到了足够的证据足以让每一位学者认为，我们的童话故事不是单纯的随机想象力的产物，而是一些特定情况下，紧密连接在一起的非常重要的古代思想和古老的讲话方式。这些起源古老的神话故事直到如今还能逗得我们的小男孩和小女孩哈哈大笑。

童话是伟大的宗教诗歌，也许如今很多人已经忘记了诗歌。但我们的祖母拥有更长的回忆，都虔诚地保留着这些诗歌。这样的诗在我们如今看来显得超级幼稚，但在过往的岁月它们是如何甜蜜，我们也许从老奶奶温柔的嘴唇边就可以看出，她会放下手里的纺车讲给围着壁炉坐在地板上的小朋友们听：那些去往地球各个地方的白人，闪烁的海角，在蔚蓝的大海掩映下，响起在岸边的音乐；他们曾经用自己的方式进入这片灰色北海的边缘，那里有奇形怪状的影子；有人在那边扎营，在那里他们发现了那些孤独的草原马疏草；有人在冰冻的雪原上仰望着天空；有些人去挑选黄金花场花岗岩；印度的孩子们喝到了欧洲河流的水。但是，奶奶她也曾经是一个小女孩，现在已经成为祖母。她把自己的故事讲给小朋友们听，把自己作为孩子时的故事讲给后人听，而且都是冒险的故事。虽然，这些故事不全都是她自己的真实经历，但她已经生活了这么久，从一个地方迁徙到另外一个地方，经历了辛劳和危险，所有这些经历足以让老祖母时刻保持警惕。所以，从她的嘴里讲述出来的故事都像枯死的灵魂发出了新的光芒，虽然脆弱但又坚强无比。

劳拉

拜托你，继续！继续讲！我洗耳恭听。

雷蒙德

如果我可以选择，我会用心去讲整个图书馆的哲学家，而不是用驴皮公主的一部分来论述我的观点。我国的文学像《鹅妈妈的诗歌》具有强烈而持久的魅力，这些诗歌简单又朴实。但我不可忽略在我们这样轻松的谈话过程中容易忽视的重要因素，那就是原始人的语言都是图案，他们用鲜活的图形来表示星星、云、日光、风和黎明，他们赋予这些东西情感。从这些图画文字演变到后来的文字，再到生活和灵魂，最终衍生出了神话以及童话故事。童话是随着时间不断发生变化的，因为变化是存在的本质。童话被看作是真实的存在。人们可能会读驴皮公主的故事，但佩罗在寻求更深的故事。然后才发展到了一目了然的科学领域。科学说："黎明变成了驴皮公主"，但科学应该补充说明一下当驴皮公主是怎样的一种存在。

劳拉

我现在开始看到你告诉我们的故事了。但你所提到的驴皮公主的故事，我还没有听过。

雷蒙德

让我们审视神话的真实意义，你会被吓坏的。驴皮公主其实是黎明，她的父亲是太阳，保护着女儿。在吠陀神话里摩诃是太阳，这两个父亲是相同的太阳，保护着自己的女儿。

劳拉

是太阳还是不是太阳，我很不喜欢你说的国王父亲。

雷蒙德

他们是无辜的。理解你的抗议和不喜欢。腐败就像暴力，法律会治理这些腐败。这个国王招待他的女儿，这是宗教尊重的传统。在古代的宫廷中，父亲就要保护女孩子，因为父亲和母亲是一个家庭的强者。在那些日子里，女人是不神秘不危险的群体。族长的个人意志可以决定新郎是否应该保护坐在车上的新娘。父亲与女儿联手是一种罕见的事情，这样的联盟并没有受到谴责。

奥克塔夫

好的，好的！但我相信你的解释没有价值。道德意识是人类与生俱来的。

雷蒙德

道德只是一种习惯，不会沦为科学。每一个国家的道德都不尽相同，而且在同一个国家，道德也不会保持十年不变。奥克塔夫，你跟你父亲也不是完全一样的。理论只是理论，实际情况是有变化的。

劳拉

请不要介意道德与生俱来的想法，这是个非常乏味的话题。让我们回到驴皮公主的父亲其实是太阳的这个观点上吧。

雷蒙德

你还记得驴皮公主的父亲在他的马厩培育了最高贵的杂交马匹，还装饰了华丽的硬金绣服饰。这么一个奇怪的品种却被人们接受了，而且每天早晨还会给它送上灿烂的金色花冠。现在，这匹驴、野驴、斑马，或者不管它是什么，被称作太阳的骏马，它的皮肤象征乌云。你还记得那个迷人的场景吗？驴皮公主穿着她的天蓝色长袍，而恰巧被美丽的王子透过小孔看到了。这个王子是国王的儿子，代表了一缕阳光……

劳拉

我想，那是在门的一个裂缝里看到的吧。我想说的是，我想说的是……

雷蒙德

表妹，最恰当地说我看到你对神话的好奇心。现在让我们把最简单的故事来讲一遍：两朵玫瑰、两颗珍珠和两颗钻石。一个年轻的女子能够让花展开花瓣，沐浴在黎明的阳光和露水中。她有一个邪恶的姐姐。灰姑娘是被云遮住了的黎明；而年轻的王子是太阳，最终灰姑娘嫁给了王子。

奥克塔夫

所以，然后蓝胡子的妻子代表了黎明；驴皮公主代表了黎明；让秋天的玫瑰开花以及珍珠的少女也代表的是黎明；灰姑娘代表的也是黎明。你给我们讲的都是黎明！

雷蒙德

因为黎明是雅利安人神话最丰富的来源。在多个吠陀诗歌中都有体现和表达，而且名称不一样，形式也不相同。黎明总是会再次出现的。黑暗的力量会被打败，黎明最终会出现。就像故事中，受尽苦难的少女终究会被爱他的像太阳一样的男子救出。为什么说男子是太阳，因为太阳出来才会有黎明。

故事里的少女已经到了每一个家庭里，到了每一个人喜欢她的人的心里。原始的印度教绘画出各种各样的黎明化身，这些画是人们永远的本能与生活以及人类苍白和微弱的反映。从这些画中我们仍然能看到明显的故事情节。我们刚才提到小红帽的故事，小女孩戴的头巾的颜色是她天体起源的重要标志，小红帽带蛋糕和奶油给奶奶的任务，使我们将她与吠陀的黎明联系在一起。那么狼是什么？

劳拉

狼是代表天上的白云吗？

雷蒙德

不是这样，妹妹，狼是太阳。我的太阳！一只狼！

是的，他有光亮的皮毛，是一只来自吠陀的狼。不要忘了两个太阳神，希腊的阿波罗和拉丁人的阿波罗索兰纳斯都戴有狼的徽章。

奥克塔夫

但太阳和狼之间的关系是什么？

雷蒙德

当太阳晒干水槽、土地、草场的水后，西尔斯的饥饿的牛大口喘着气，把舌头从嘴里伸出来，他不会像一只饥饿的狼么？

狼的隐藏是明亮的，它的眼睛闪亮发光；它露出洁白的牙齿、下巴和结实的腰部。它那耀眼的头发和眼睛的颜色都证明了它是太阳。在这个潮湿的国家，那里的苹果树盛开了。

奥克塔夫

但小红帽已经从远方过来了，她穿过大太阳走了很多的路。

劳拉

黎明消逝，黎明又重生。但是，小红帽死了，回不来了。她听狼的话是错误的，但这是她为什么要被吃掉的原因？

雷蒙德

你的怜悯是重要的关键点。小红帽死后复生象征着黎明。他们告诉我们，一个猎人打开了野兽的肚皮，看到了这个红润的孩子，他凝视着她，睁大眼睛惊讶地说："哦，你这么害怕我！"

我刚才在你的房间里看了一幅彩色的图画书，其中有一个是英国人，他用这样的幻想和幽默的方式描述并解读了这幅图画书。我正翻着书中的小红帽的故事，读到狼吞噬了她，但一个绅士的农民穿着绿色的上衣、黄色的裤子和靴子，用猎刀划开了狼的肚子，解救了小红帽。

这就是小红帽的故事解读。现在我们如果讲睡美人的故事，又是一段深沉而简单的诗歌……

奥克塔夫

睡美人也代表黎明！

雷蒙德

不是这样的！睡美人、穿靴子的猫属于另一组的雅利安人的传说：一组象征着冬季和夏季之间的自然界争斗的故事。那凋谢的玫瑰重新绽放在永恒的世界。

睡美人当她出现在维吉尔、欧律狄刻或在埃达的布伦希尔德的故事中，前者是由蛇咬，后者则是被一根刺扎了。神话里可爱的女主角陷入昏睡的原因不是被咬了，就是被刺了。

在德干高原的传奇中，吴兄弟发现一个小女孩被蛇咬了，然后在门口昏厥过去。国王经过亲吻了她，让她重新活了过来。夏天和冬天的冲突的那些故事的特点是，它们永远不会结束。

佩罗的故事开始时似乎是有结局的，睡美人嫁给了王子，并且生下了两个可爱的孩子：阿波罗和阿尔特弥斯。可是，后来又出现了夜间的幽灵要吃掉孩子，所以故事并没有结束。在法国西部，睡美人与一首歌有关，这首歌讲述了一个小女孩被派到树林里收集坚果，她被树枝刺到了，然后陷入了沉睡。在斯堪的纳维亚埃达巴尔德尔的故事里，情节就更惊人地相似了，故事的女主人公都是在某种场景下被刺后陷入沉睡，然后被代表太阳的王子或英俊的男士发现，然后给了她们一个吻，最后救醒了睡美人。最终他们幸福快乐地生活在了一起。

奥克塔夫

雷蒙德一直在给我们讲一个又一个关于神话的故事，他用了自己的论点来给我们讲那些故事里的人都代表了什么，可是我不想再听故事了。

劳拉

够了，我也不想再听了。雷蒙德的智慧是不可思议的。我已经知道了童话的力量，也知道自己多变的情绪。我明白了上面谈论的童话故事里的仙女们在摇摆不定的世界里，还是能给我们的心灵以永恒的鼓励的，她们可以给我们带来信心和希望。

晚安，表哥。

第二辑　孩童的乡村生活

TWO

方　寻

1

一天，方寻像小红帽那样早早地就去看她的奶奶。方寻的奶奶住在村子的另一头。方寻可没像小红帽那样在林子里采蘑菇，她径直往祖母家走去，一路上也没有遇到大灰狼。方寻远远地就看到奶奶坐在屋前的石阶上，咧开没有牙的嘴冲着她微笑，并张开干瘦的胳膊迎接她。这一整天，方寻的心里都暖暖的，她跟奶奶一起度过了愉快的一天。而奶奶看到儿子的小宝贝时，也是乐得合不拢嘴，就像看到了童年的自己一样。奶奶即将走完人生的旅程，而方寻的人生才刚刚开始，所以这两个人有很多话要跟对方说。

“我亲爱的方寻，你一天天长成大姑娘了，”年迈的奶奶说，“而我却一天天变得越来越小。现在我都不需要弯腰就能摸到你的额头了。从你的脸颊上，我看到了自己孩提时的模样。”

这回，方寻第一百次央求奶奶给她讲那些闪闪发光的纸花的故事，讲将军穿着帅气的军装打败敌人的故事，讲那些丢了把柄的镀金杯子的故事，还有爷爷的那把挂在烟囱壁炉上的手枪的故事——三十年前，爷爷亲手挂在钉子上的那把手枪。

时间过得很快，一眨眼又到了该准备中饭的时候。奶奶搅了搅快熄灭的火，然后把鸡蛋打到黑色陶瓷盘子里。方寻超级喜欢吃培根煎蛋卷，她一直盯着它们，看它们在火上变了颜色，慢慢熟透，发出噼啪声。奶奶做煎蛋卷的方式在世界上是独一无二的，如果要讲这个做法的话，那又有很多故事可说了。方寻坐到长凳上，下巴搁在桌子上，一边吃着煎蛋卷，一边喝着苹果酒。奶奶跟往常一样，站在壁炉前吃饭，她右手拿着刀子，左手拿着一块美味的面包皮。当两个人都吃完的时候，方寻说："奶奶，给我讲讲蓝鸟的故事吧。"

于是，奶奶就开始给方寻讲起童话故事来。一位帅气的王子变成了一只拥有蔚蓝色羽毛的鸟，公主知道后感到很悲伤，看到她的爱人流着血一直飞到自己塔楼紧闭的窗台上。

方寻的小脑袋一直幻想着，幻想着那个画面。

"奶奶，蓝鸟是很快就飞到公主塔楼的窗户外吗?"

奶奶告诉她，蓝鸟是经过很长一段时间才飞到公主的窗台上的。

“那时候你很年轻吗?”方寻问。

“那时候我还没有出生呢。”奶奶说道。

方寻继续问道:“那么,奶奶,您还没出生的时候,世界上就有很多的东西了吗?”

当她们结束聊天后,奶奶给方寻拿来了苹果和面包。

“小家伙,拿走,去花园里吃苹果吧。”

于是,方寻拿着苹果去了花园里。那里满树绿意,芳草萋萋,鲜花绽放,鸟儿齐鸣。

2

方寻奶奶的花园芳草鲜美,繁花似锦,绿树成荫,方寻认为这是世界上最漂亮的花园。现在,方寻就在奶奶的花园里,她像在村庄里一样拿出小刀准备切面包吃。她津津有味地吃着苹果,吃完后就开始吃面包。就在那时,一只小鸟扑闪着翅膀翩然飞到她身边,接着是第二只,第三只……很快就有二三十只小鸟围在方寻周围,它们的羽毛或是灰色的,或是红色的,或是黄色的,或是绿色的,或是蓝色的,每一只都很美丽,还啁啾地唱着歌。一开始,方寻并不知道它们要什么,但很快她就看出它们想要吃面包。这些小乞丐！是的，它们是小乞丐！可是它们还会唱歌。一听到它们唱歌，方寻就没法儿拒绝给它们面包了。

她是乡村的一个小女孩，她不知道在很久很久之前，蓝色的大海冲刷着乡村白色大理石的岩石。那里有一位盲人，每日依靠唱牧羊曲来讨生活。这些歌曲至今还被有学问的人们所敬仰。现在，方寻听着这些小鸟的歌唱，不禁心花怒放，而她扔出的面包屑还没落到地上，在空中就被小鸟们一抢而空了。

于是，方寻把整个面包都撕碎了，然后扔给小鸟们吃。但不是所有的小鸟都能吃到面包的。方寻发现那些最勇敢最聪明的小鸟把面包屑都吃了，一点也没有给其他的小鸟留。

“这不公平，”方寻跟它们讲，“你们只能吃自己的那一份。”可是这些小鸟并不听她的话。当你谈论公平与正义时，这世间又有几人会听？方寻试尽了所有的方法，想让那些瘦弱胆小的小鸟也能吃到面包，可是却毫无效果，结果全把面包屑喂了那些大胖鸟，这让她感到很难过。对她这样一个单纯的小孩子而言，她还无法明白，弱肉强食就是这个世界的法则。

这些面包屑一点一点地全都进了这些小小歌唱家的肚子里，方寻则开开心心地回到奶奶的房子里去了。

3

夜幕降临，奶奶拿起方寻装蛋糕来的那个小篮子，往里面装满了苹果和葡萄，然后把小篮子挂到方寻的胳膊上嘱咐着：“方寻，现在回家去吧。一定要做个乖巧的女孩子，路上不要跟村里的流浪儿童一起玩耍哦。再见。”说完这些话，奶奶亲了亲方寻，但方寻还愣在门旁思考着。

“奶奶，”方寻问道，“刚才我遇到的那些鸟儿是什么呀？”

“那些我喂的鸟儿里有没有一只是漂亮的王子变的。”方寻接着问道。

“童话故事已经结束啦，”奶奶告诉方寻，“这些鸟儿只是鸟儿，可不是王子变的。”

“再见，奶奶！”

“再见，方寻！”

于是，方寻穿过草原往家走去，一路上她可以看到远方家家户户烟囱里排出的袅袅炊烟，映衬着红彤彤的晚霞。

在回去的路上，方寻碰到了园丁家的小男孩安东尼。他问方寻：“方寻，你能过来跟我玩一会儿吗？”

方寻回答说：“我不能停下来跟你玩儿，我奶奶跟我说过不能在路上玩的。我给你个苹果吧，我非常爱你。”

安东尼收了方寻的苹果，然后亲了她一下。他们都很爱对方，安东尼叫方寻小媳妇儿，方寻叫安东尼小丈夫。

方寻迈着像大人那样沉稳的步伐在路上走着，此时她听到身后传来欢乐的啁啾鸟鸣。

她转过头去看到刚才自己喂的那群小饿鬼。它们一直跟着她身后面飞。

“晚安，我的小伙伴们!”她向它们喊道，“晚安！睡觉时间到啦，晚安哦!”

这些长着双翼的鸟儿歌唱家发出小小的叫声，好似在用鸟儿的语言回应方寻：“愿上帝保佑你!”

于是，伴随着空气中甜甜的歌声，方寻回到了妈妈家。

4

黑暗中，方寻躺在她的小床上。在很久以前，村子里的一个木匠用胡桃木做了这张床，他还为它雕了一个扶手，可是那位很好的老人已经在教堂的草坪下安睡了很多年。方寻的帆布床是爷爷年少时睡的床，方寻现在睡的地方就是爷爷当年睡的地方，床上粉色枝状花纹装饰的棉絮保护着她的睡眠。

方寻入睡后，在梦里，她看见蓝鸟飞到了他心爱的人所住的城堡。方寻觉得他肯定像天上的星星那般美丽耀眼，但她从未期待他能来到她的身边，站到她肩膀上。方寻知道她不是公主，也没有变成蓝鸟的王子来找她。她告诉自己所有的鸟儿都不是王子，村里的鸟儿也只是住在这里的鸟儿而已。也许它们中有那么一只独特的鸟儿，那是城市里的小小少年，因为被坏精灵诅咒而变成了麻雀，它棕色的羽毛下掩盖的是对小方寻的爱慕之情。是的！如果他来了，而方寻也认出了他，那她不仅仅会给他面包屑，还会给他蛋糕，还会给他一个吻。见到他，方寻一定会很开心！非常开心！她看到他了。他远远地飞过来降落在她的肩上。他是一只普通的麻雀，虽然没有特别之处，但是看上去灵敏又充满活力。说实话，他看上去有些狼狈，尾巴上缺了一根羽毛，那是在战斗中失去的。方寻心里怀疑他是个调皮的小鸟，但是她是个女孩子，她不介意自己的小麻雀有一点刚愎自用，只要他心地善良就好。

她轻轻地爱抚着他，呼唤着他的名字。突然他开始变大，身子变得越来越长，一双翅膀变成了手臂。他变成了一个男孩子。方寻知道他是谁，他是安东尼，那个园丁家的小小少年。他对方寻说：“方寻，你能跟我一起玩会儿吗？”

方寻欢乐地拍着自己的手，然后走了……

她突然从梦中醒过来，揉了揉自己的眼睛。没有麻雀，也没有安东尼！小小的房间里只有她一个人。黎明的一缕白色的光线穿过花朵形状的窗帘，投射在她的小床上。方寻听到从花园里传来鸟儿的叫声，于是她穿着小小的睡袍从床上跳起来，跑过去，打开了窗户。花园里繁花盛开，一派欣欣向荣的景象，玫瑰花、天竺葵和旋花竞相开放。方寻不禁寻找起昨天的那些小小的豢养者——她的那些小音乐家们。它们正排成一排站在花园的围墙上，为方寻唱着早安颂歌，好似回报方寻昨日用面包屑款待它们。

神奇的盛装舞会

我们这里有战无不胜的英雄——小男孩；我们这里有战无不胜的女英雄——小女孩；我们这里有穿着撑裙、箍戴着玫瑰花冠的牧羊女；我们这里有穿着缎子外套、系着缎带蝴蝶结的牧童。哦！如此洁白漂亮的绵羊必定是牧童们照看的！

这是亚历山大大帝和扎伊尔，皮洛士①和梅罗普②，穆罕默德和哈利昆小丑③，定型男丑角④和斯加宾⑤，布莱斯和芭贝特。这些人物来自世界各地，有希腊的，有罗马的，有来自仙境的，他们聚集到一起跳舞。多么神奇的盛装舞会！做一个小时的国王或公主多美妙！这种乐趣无法被破坏。没有必要根据服装来表

① 皮洛士（前 319 或前 318—前 272）：古希腊伊庇鲁斯国王。

② 梅罗普：希腊神话里，阿特拉斯七个女儿中的一个，因嫁了一个凡人而羞愧得抬不起头。

③ 哈利昆小丑：意大利喜剧中头戴面具身穿各种颜色衣服的丑角。

④ 定型男丑角：昔日法国哑剧之丑角，面涂白色而穿宽松白裤及大钮白色短衣。

⑤ 斯加宾：法国作家莫里哀作品里的人物。

演，甚至不需要按照人物的口气说话。

如果你恰好有一颗英雄的心，那么扮演英雄其实乐趣了了。别怪我没提醒你。英雄的心早已被各种悲伤摧残得支离破碎了。他们大多因为悲惨而出名。如果英雄们生活得开心如意的话，我们就听不到他们的事迹了。梅罗普没有跳舞的意愿；皮洛士在快要结婚的时候被俄瑞斯忒斯①残忍地杀了；无辜的扎伊尔在他爱人的手下离开了世界；而布莱斯和芭贝特，歌曲里唱到——他们永远承受着深深的悔恨。

为什么要谈到定型男丑角和斯加宾？你肯定也跟我一样，知道这两个人是调皮的家伙，对别人的忠告，常常左耳进右耳出。不！即使是对哈利昆小丑而言，为了荣誉而付出的代价也太大了。相反，众所周知，小男孩和小女孩们通常有那种成为伟大人格的可能。这就是为什么跟化装舞会相比盛装舞会没有乐趣的原因，因为服装本身就足够盛大，只有穿上盛装才能让人感到勇敢，然后会想象那些带着羽毛或披风的小朋友们有多自豪多漂亮。他们看上去如此勇气可嘉，活泼又高贵。

---

① 俄瑞斯忒斯：阿伽门农和克吕泰涅斯特拉的儿子，和其姐姐厄勒克特拉通过杀其母及其母情人艾癸斯托斯而为其父报仇。

在美术馆，你可看不到这些面孔，音乐家面露悲色，但又绅士地调试着小提琴。他们已经迈开脚步，即将跳起那古老的夸德里尔舞。在第一个音符出来的时候，我们的英雄和各色面具将会引导这场舞会继续进行。

学　校

我敢说吉恩西格尼女士的学校是世界上最好的女子学校，当然，那些无赖和诽谤者可能会持相反的态度。吉恩西格尼女士的孩子们都是举止优雅、勤奋好学的孩子。一眼看去，所有的孩子都坐在那儿一动不动的，所有的脑袋都排成一条直线，这种场景太美妙了！他们看上去就像是一个个小小的瓶子，而吉恩西格尼女士正在往瓶子里浇灌有用的知识。

吉恩西格尼女士坐在她的高脚桌前。这是张和蔼、略显严肃的脸庞，头发编得整整齐齐的，黑色的披肩让人对她产生尊敬之意。

她是个非常聪明的人，正在教学生们计算。

她问罗斯·贝努瓦：“罗斯，如果我从 12 里面拿出 4，还剩下几?”

“还剩下 4 吗?”罗斯答道。

吉恩西格尼女士对这个答案不满意。

“艾米莉·凯普，如果我从 12 里面拿出 4，还剩下几?”

“还剩下 8。”艾米莉回答道。

“罗斯，听到了吗？我还剩下 8。”吉恩西格尼说道。

罗斯·贝努瓦陷入了沉思。吉恩西格尼女士告诉她还剩下 8，但是她不知道是剩下 8 顶帽子，还是 8 条手帕，又或者是 8 个苹果，8 根羽毛。这个疑虑一直困扰着她，使她都没有心思做算术了。

然而，罗斯的圣经历史却学得非常棒。吉恩西格尼女士的学生中，找不到第二个人能像罗斯这样讲述出伊甸园或挪亚方舟的故事。罗斯熟悉伊甸园里的一花一木，知晓挪亚方舟上的所有动物。她所知道的神话故事跟吉恩西格尼女士知道的一样多。她知道狐狸和乌鸦、驴和小狗、公鸡和母鸡的寓言故事，她懂得这些动物之间的对话。这就不奇怪她为什么能听到动物的对话了。如果现在哪个人跟她说动物不会说话，这才奇怪呢。她非常确定她的大狗汤姆说的话，也肯定她的小金丝雀的啁啾。罗斯是对的。动物们也经常会对话，而且一直在对话，只是它们只跟自己的朋友交流。罗斯很爱它们，它们也爱罗斯。这就是罗斯能听懂动物语言的原因。互相了解对方的方法无外乎互相爱戴。

今天罗斯上课没有犯错，她得了很高的分数。艾米莉因为算术课学得很好，也得了很高的分。

放学的时候，罗斯告诉妈妈她今天得了高分，然后问妈妈："高分有什么作用呢？"

"高分没什么作用，"艾米莉妈妈回答说，"高分能让我们感到自豪，这就是原因。我的孩子，有一天你会发现人们最看重的那些奖项，恰恰是只能带来荣誉无法带来利益的东西。"

玛 丽

小女孩都向往摘花朵和摘星星，这也是她们的天性。但是我们没法把星星摘下来，这些星星给小女孩的启迪就是：在这个世界上，有些渴望永远无法满足。

玛丽小姐去了公园，发现那儿有一个花圃，里面种满了绣球花。这些花十分美丽，她忍不住采摘了一朵。这可不容易，她用两只手拔，差点摔到地上，终于把花茎折断了。她对自己的行为感到很自豪。可是看护花园的人看到了她，跑过来抓住玛丽小姐的胳膊，严厉地批评了她，并让她站着反省。不是在小黑柜里，而是在栗子树下撑着的巨大的日式雨伞下反省。

玛丽小姐坐在那儿思考着，内心很震惊，五味杂陈。她手里的花和头上的雨伞让她整个人都环绕着一圈光环，此刻，她看上去就像一个从海外来的小偶像。

公园的照看者跟她说：“玛丽，你不能将那朵花装到你自己的口袋里。如果我告诉你不能这样做，你依然固执己见，那么你的小狗图图会过来吃掉你的耳朵。”说完这些严厉的话，照看者就走了。

这个犯错误的小人安静地坐在伞下，看着公园照看者的背影，然后又盯着脚下的地和头上的天空看。她看到的是一个巨大的世界，足够大，足够美丽，可以让一个小女孩开心一会儿。可是这一切都比不上盛开的绣球花。她心里暗暗思索着：“这是一朵花，肯定味道很香。”于是她把鼻子凑到这朵粉蓝相间的花球上嗅了嗅，可是却什么味道也没有嗅到。她不是很擅长闻香气。不久前，她看到玫瑰还只会对着它吹气，而不会闻香气。你可不能笑她，人可不是一下子就学会了所有的东西的。

如果她像她妈妈那样拥有灵敏的鼻子的话，也许就不会有现在所凸显的特长了。绣球花没有香气，只有可爱的外表，这就是我们厌倦它的原因。现在玛丽小姐开始想：“也许这种花是由糖做成的。”然后，她把嘴张得大大的，就要把这朵花放到嘴边。

突然，她的小狗图图发出“汪汪汪”的叫声。图图正从天竺葵花圃上蹦蹦跳跳地跑到玛丽小姐的面前，竖起了两只耳朵，一双明亮的小圆眼睛直勾勾地盯着玛丽看。

排 箫

村子里的三个小孩——皮埃尔、雅克和吉恩——站成一排好奇地看着这个世界。在他们的眼中，世界就是口琴或者排箫的样子，但不是七排牧笛，而是三排牧笛。左边高高的少年叫皮埃尔，右边矮个子的孩子叫吉恩，中间那位可以称得上矮也可以称得上高的少年叫雅克，他的个子是高是低可要看是跟左边的人还是右边的人比较了。这是我想让你在脑海中回想起来的场景，这不仅是你所拥有过的记忆，也是我的记忆，更是我们每个人的童年记忆。我们每个人都曾像雅克一样，通过与邻居的比较来确定自己是高大还是矮小。

这也是为什么说雅克个子又高又矮是对的原因。他是上帝创造的模样。对我们而言，他就像排箫中间的芦笛。但是他在干什么？他的同伴又在干什么？这三个人干瞪着眼看着。看着什么呢？他们正看着远方逐渐消失在他们视线中的某个东西，但他们还可以模糊地看到它，被它的光辉照亮了眼。吉恩将自己被打成鳗鱼皮样的事情忘到了九霄云外，连平时最喜欢在泥路上玩的陀螺也不玩了，皮埃尔和雅克双手放在背后呆呆木木地站着。

什么美妙的景色让这三个小家伙如此着迷？一辆小贩的车，一辆手推车。他们看到那辆车停在村里的街上。

小贩掀开了车上盖着的油布，男男女女老老少少一拥而上，看着车上琳琅满目的东西：小刀，剪刀，玩具气枪，跳娃娃，木头士兵，各种瓶子装的香氛，肥皂，彩色画，还有其他几千种新奇的物品。农场和磨坊的乡下姑娘看花了眼。皮埃尔和雅克也激动得满脸通红。小吉恩语无伦次地说着话。独轮车上的所有东西对他们而言都是贵重而稀奇的。可是这些让他们垂涎欲滴的神秘物品其实对他们并没有什么意义，生活中也用不上。比如，打磨得发光的圆球，像镜子一样能看到他们变形的脸；比如那些绘制着鲜艳色彩图案的埃皮纳勒①器皿；比如那些里面不知道装着什么的小箱子和小盒子。

女人们买了一些棉布和蕾丝。小贩又重新把黑色的油布卷起来盖到推车上的那些宝贝上，然后拉了拉衣领，推着车沿着公路走了。现在手推车和小贩都已经消失在地平线上。

---

① 埃皮纳勒：法国的一个省会。

罗杰的种马

饲养一群马需要极大的勇气。马是一种娇气的动物，需要仔细照料。问问罗杰就知道了。他正在给他那匹高贵的红棕色的马刷毛。如果它没有在战争中失去半条尾巴的话，这匹马将会成为木马中的明珠，成为黑森林马场的一枝花。罗杰一直想知道木马的尾巴能不能再长出来。

他梳好了它的毛，然后给它喂了燕麦。这就是喂养这些小精灵般的木马的方式。小男孩们曾经骑在这些木马的马背上，驰骋在自己的梦之地。

现在，罗杰已经准备好骑马了，他跨上他精神抖擞的战马。这个可怜的动物已经没有耳朵了，它的鬃毛也像老旧破败的锯齿状的梳子。尽管如此，罗杰仍然爱它。原因很难说！这匹枣红色的马来自一个贫穷男人的礼物。穷人的礼物比世界上任何其他礼物都要讨人喜欢。

罗杰出发了。他骑着马走远了。地毯上的花朵是热带森林里盛放的花朵。祝你好运，小罗杰！愿你心爱的马匹能带着你快乐地遨游世界！愿你永远平安骑行！或大或小，我们都在经历着自己的骑行！谁能说我们没有像他这样的爱好呢？

人的爱好是随着人生的进程而疯狂变化的事情。一个人追寻着荣耀，另一个人追寻着快乐，还有许多人飞跃悬崖时摔断了脖子。我祝愿小罗杰好运！希望当你长大成为男人后，也能够驾驭两匹马儿，一匹叫“勇气”，另一匹叫“善良”，这两匹马能带领你走上正确的道路。

勇 气

路易森和弗雷德里克沿着村里的道路去上学。阳光明媚，这两个孩子唱起了歌。他们像夜莺那样唱着歌，好像他们的心也充满了阳光。他们唱起了奶奶是小女孩的时候唱的歌曲，这首歌曲他们以后的子孙们也将会唱。歌曲是永不凋零的柔嫩的花朵，它们会在岁月里口口相传下去。嘴唇会褪色，会因为去世而不再说话，但是歌曲却会永远流传下去。有的歌曲从男人是牧羊人、女人是牧羊女时期就流传下来，一直流传至今，因此歌词中总是只提到绵羊和狼。

路易森和弗雷德里克在唱歌，他们的嘴巴张得像花朵那么圆。歌声在清晨的空气中清晰地传向远方。

你听！弗雷德里克的音调突然卡住了。

是什么看不见的力量扼住了男孩唇边的音乐？是恐惧！每天他都会在村子道路的尽头遇到屠夫的狗，每当这个时候，他的心脏都好似停止了跳动，四肢开始颤抖。然而，屠夫的狗根本不会扑向他或对他凶，只是安静地坐在主人店铺的门口。那是一条黑色的狗，一双血红的眼睛，不时露出尖利的白牙，看上去非常可怕。它就蹲在一堆肉和碎屑之中，使它看上去更加吓人。当然这并不是狗的错，但是它是主因。是的，它是野蛮的畜生，它是屠夫的一条狗！因此，弗雷德里克第一次看到这条狗的时候，就捡起了一块大石头，之前他看到大人们也是这样打走坏脾气的野狗。他悄悄地溜到对面的墙脚下，小心翼翼地走。

这次弗雷德里克也是这样做的，路易森却笑话他。

她没有说一些铤而走险的人常说的话。不！她从不置一词！她从不会停止唱歌，但是她会改变声音，以一种嘲讽的音调来唱歌。弗雷德里克听到后会脸红到耳根，然后他的小脑袋瓜里会嗡嗡地闪现出很多的想法。他学过我们必须敬畏羞耻更甚于敬畏危险，他害怕自己害怕的感觉。所以，放学后，他看到了屠夫的那条狗，这回他毫无畏惧地从这个恐怖的动物面前走过。历史补充说，他那时偷瞄了路易森一眼，看她有没有在看他。有句话说得对，如果这个世界上既无夫人也无少女的话，男人将少了许多勇气。

凯瑟琳的“招待日”

现在五点钟了。凯瑟琳小姐在家照顾她的洋娃娃。今天是她的“招待日”。这些洋娃娃不会说话，小神怪给了它们笑容，却没有赋予它们说话的能力。他这么做的原因是为了大家好，试想如果洋娃娃也能说话的话，那么除了它们的声音我们就听不到其他人的说话声了。到那时候，就不必担心世界缺少对话了。凯瑟琳小姐会为她的客人发言，也会为自己发言。她常常自问自答。

“你最近怎么样？——很好，谢谢。我昨天早晨去买蛋糕的时候，摔断了胳膊，但是现在好了。——啊！好多了。——你的小女孩怎样了？——她得了百日咳。——啊！很抱歉！她经常咳嗽吗？——哦。不经常咳嗽，只是得了百日咳，不咳嗽。你知道我上周有了另外两个孩子。——真的吗？那你现在有四个孩子了？——四五个，具体我也记不清。当你的孩子多了，就会犯迷糊。——你的这个裙衫太漂亮了！——哦，我家里还有几件比这还漂亮。——你会去剧院吗？——去啊，每天晚上都会去，昨天我还去看戏剧了，但是因为狼吃了驼背小丑，所以没有演出。——我每天都会去跳舞，我亲爱的。——太有趣了！——是的，我会穿上蓝色的裙子，跟年轻男人跳舞。将军、王子、糖果商，那都是最高贵的人。——亲爱的，今天的你看上去漂亮得像个天使。——哦！春天了呀！——是的，可是现在却在下雪，真遗憾。——我喜欢雪，因为它们洁白。——你知道吗，有黑色的雪。——这个我知道，但它们是坏的雪。”凯瑟琳小姐的舌头可以卷十几、几十个弯。我还发现了她的一个缺点，那就是她一直以来都只跟同一个来访者说话，就是那个穿着漂亮裙子的人。

这就是她的不对了。好的女主人会对所有的客人都表现出优雅热情，会和蔼可亲地接待所有的客人。如果她表现出任何的特殊对待，那也是给离群索居的人更多关爱，给有钱人少点招待。我们应该关心不开心的人，这也是唯一允许的奉承。但是凯瑟琳自己发现了这些。她已经悟出了真正的秘密：一颗善良的心就是一切。她为公司的人倒茶，没把任何一个人落下。相反，她用手摁了摁可怜的不开心的洋娃娃，害羞地帮它们去吃那些看不见的用多米洛骨牌装扮的蛋糕和三明治。某一天，凯瑟琳将举办一场沙龙，复活古法国的礼仪。

小海豹

他们是水手小子，他们是小小的海豹。看看他们，把帽子压到耳朵边沿，这样从海上吹过来的狂风和浪花就不能溅到耳朵里，从而伤害耳朵了。他们穿着沉重的羊毛衣服来保暖和防湿。打了补丁的夹克衫和马裤是之前哥哥们穿过的。他们大部分的衣服都是从爸爸的旧物改造而来的。他们的灵魂也跟父亲的相似，单纯，勇敢，饱经风霜。自出生之日起，他们就继承了单纯热情高尚的脾气。是谁赋予了他们这些？上帝、父亲以及大海。大海通过教他们直面危险，进而教会了这些水手勇敢。大海是一位粗鲁又和蔼的教官。

这就是为什么这些水手小子们虽然内心还是个孩子，却拥有老兵一样的胆识。胳膊抵着大海的胸膛，他们眺望着远方的海面。他们看到的不仅仅是海天之间隐隐约约的地平线。他们的眼睛不在意大海柔软变化的色彩以及云彩的变换形状。他们看到的是比海浪的色彩和白云的形状更动人的东西，那是对人类爱的表达。他们在寻找出海捕鱼的船只。现在，它们会再次出现在地平线上，舷缘上都装满了虾，还会给他们带回来叔叔、爸爸和哥哥。这些小战舰会很快出现在大海和天空的交界处，扬起白色或棕色的帆。今天天空万里无云，大海十分平静。洪水的潮汐将渔民们轻轻地带回到岸上。但是大海是一个古老的变幻无常的家伙，会有各种各样的样子。今天他会唱歌，明天他会泛起泡沫嚎叫着。他会摧毁最坚硬的船只，虽然这些船只受到了牧师的庇佑。大海会吞噬水性最好的海员。全都是因为大海，你会看到村庄里的农舍门前的鱼筐旁晾晒着欲望，很多女人穿着黑色的寡妇的衣服。

越来越好

格曼妮生病了，没有人知道她是从什么时候开始生病的。种下发热病毒的人是看不见的，就像清洁工人的手。那个年迈的人每天夜里都会来，让小孩子们犯困。但是格曼妮的病没有持续很长时间，而且也不是很严重，现在她好起来了。好起来甚至比非常好更令人高兴，因为接下来的情况会更好。同样地，希望和期待是更好的，比我们的愿望更好。格曼妮躺在她漂亮房间里的床上，她的梦境也跟她的房间一样明亮。

她看上去仍然有点疲倦，疲惫地看着睡在她床旁边的洋娃娃。小女孩和她们的洋娃娃之间总有一种相似的感情。格曼妮的娃娃在她的小妈妈生病的时候也生病了，现在它也渐渐好转了。她还把婴儿车放在娃娃的旁边。

她也看过医生了。阿尔弗雷德来诊断了洋娃娃的脉搏。他是“最糟糕的医生”，整天说的就是截肢或截掉腿。格曼妮虔诚地问他，于是医生同意不肢解这个娃娃就能治好她。但他开的药却很糟糕。

无论如何，生病有一个好处，那就是让我们了解我们的朋友。格曼妮现在确定她可以依赖阿尔弗雷德。她确定露西是最好的姐妹。她的病持续了九天，在这九天里，露西来她这儿学习，在病房里做缝纫活儿。她坚持给小病人带来草药茶。跟阿尔弗雷德嘱咐的一样，这个茶不是苦口的毒药，相反却散发着野花的芳香。

当格曼妮闻到香味的时候，她的思绪飘到了开满鲜花的山间小路上，那里孩童和蜜蜂一起嬉戏玩耍，那里是她去年经常玩耍的地方。阿尔弗雷德也想起了那些美丽的道路，树林和泉水，还有那沿着悬崖边缘往上不断攀登的骡子，它们脖子上的铃铛发出叮零零的声音。

穿越草场

早餐过后，凯瑟琳跟她弟弟吉恩准备出发去牧场。他们离开的时候，天气像她们一样，那么年轻新鲜。天空不尽是蓝色的，还透出一股灰色，是一种近乎柔和的灰色。凯瑟琳的眼睛也是相同的灰色，就像是用早晨的天空做成的。

凯瑟琳和吉恩自由自在地在草地上玩耍。他们的母亲是一个农民的妻子，正在家里干活。家里没有用人照顾孩子，而且他们也不需要用人。他们认识路，他们认识所有的树林、田野和山丘。凯瑟琳可以根据太阳来判断时间。她可以猜出大自然的各种秘密，而这些都是城市里的孩子所不知道的。小吉恩也懂许多关于树林、池塘和山丘的事情，因为他那幼小的灵魂就是一个乡下人的灵魂。

凯瑟琳和吉恩漫步穿过了开满鲜花的草场。一路上，凯瑟琳编了一个花束。她摘了蓝色的矢车菊，红色的罂粟花，剪秋罗和金凤花，这些花还有个名字叫——小鸡仔。她摘了一些漂亮的紫色花朵，它们开在灌木篱笆上，又被称作爱神的镜子。她摘了一些远志花的黑穗子，还摘了老鹳草和铃兰花。微风拂过，带来铃兰花的阵阵芬芳。凯瑟琳很喜欢花是因为它们很漂亮，而且还是很好的装饰。她的穿着很朴素，漂亮的秀发藏在棕色的布帽下面。朴素的上衣外面罩着一条格子花围裙，脚上穿着一双木鞋。除了到本区教堂参加圣玛利亚和圣凯瑟琳的节日外，她还没看到过华丽的衣服。有些事情小女孩从一出生就知道。比如凯瑟琳就知道鲜花可以戴起来做装饰，那些漂亮的女士会在胸前戴上一个花束，这样就显得更美了。因此，她觉得自己现在看上去肯定很美，戴着一个比自己的脑袋还大的花束。她现在的想法跟她的花一样明亮又芬芳。这是用语言无法描述的想法，因为没有足够美丽的语言。因此她一边编织花环，一边唱起了歌曲："独自一人去树林"和"我的心想着他，我的心想着他"。

小吉恩又是另外一种情形，他想的是另外的事情。他是个好孩子。吉恩还没穿过长裤子，但是他比他的年纪显得更懂事一些，像他这样喜欢嬉戏的孩子真不多见。他害怕摔倒，于是一只手抓住了姐姐的围裙，另一只手挥动着鞭子，像个强壮的少年。他爸爸雇用的马倌牵着在河边喝水的马回去时遇到心爱的人所挥动的马鞭也没有小吉恩的响。他从不会被温柔的幻想迷惑，他不喜欢野花。他所心心念念的游戏是一些困难的活儿。他的思绪飘向了深陷泥泞里的马车，以及那些拉车的巨大的马儿在他的吆喝声和鞭子声中拉车的情景。

凯瑟琳和吉恩已经爬上了草地，往山上走去，来到一座高大的山丘上。从这里可以看到整个村子，那里的烟囱点缀在树林间，还可以看到远处教堂的尖塔。这时你会感慨世界真大。凯瑟琳会更好地理解曾经听过的故事。挪亚方舟上的鸽子，希望之乡的以色列人，还有耶稣从一个城市去到另一个城市的故事。

“我们坐一会儿吧。”凯瑟琳说。

于是她坐下来，张开双手，把采摘的那些花朵撒到自己身上。她全身都是鲜花，满是香气。不一会儿，蝴蝶就在她周围翩翩起舞了。她挑选并调配着花朵，然后把它们做成了花冠和花环。她的耳朵上还戴着花儿做的坠子。现在的凯瑟琳就像牧羊人所敬佩的农村的“圣母”那样。小吉恩一直在忙碌地赶着想象中的马群，这时也被她这一身打扮所吸引了。突然，他心里充满了敬佩，一股宗教的敬畏之情席卷了这个孩童的小小灵魂。他停了下来，手里的马鞭也掉了下去。他觉得被鲜花围住的凯瑟琳非常漂亮。他想表达，但却徒劳。可是凯瑟琳懂他。小凯瑟琳是他的大姐姐，而大姐姐相当于一个小妈妈。她看出了一切，也猜到了一切。她有一种神圣的本能。

“是的，亲爱的，”凯瑟琳喊道，“我也会给你做一个漂亮的花环，你会看上去像个小国王。”

于是，她开始用白色的花朵、黄色的花朵和红色的花朵编织一个花冠。她把这顶花冠戴到了小吉恩的头上。小吉恩自豪开心得脸上泛起了一片红霞。凯瑟琳吻了吻她的小弟弟，把他抱到一块大石头上，把鲜花撒在他周围。然后她满怀羡慕地看着他，因为吉恩是如此漂亮，而这一切是她做到的。

站在乡村的基座上，小吉恩知道自己很漂亮，这种想法让他深深地佩服自己。他觉得自己是某个神圣的人物。他笔直地站着，眼睛睁得很圆，紧闭着嘴唇，手臂下垂，手掌展开，手指像手车轮子的辐条一样向外伸着。他尝到了作为偶像的虔诚的自豪。他确定自己现在是个偶像。头顶上有天空，脚底下有树林和田野，他就是宇宙的中心。只有他一个人是伟大的，只有他一个人是漂亮的。

凯瑟琳突然哈哈大笑起来。她喊道："哦！小吉恩你真好笑！你看去多滑稽！"

她跑过去一把抱住了他，亲吻了他，摇了摇他。那个沉重的花冠从吉恩头上掉了下来，他不再美丽了。回到现实太伤人了！

现在，花冠散开在草地上，小吉恩又变成了普通人。是的，他不再美丽了。他仍然是一个虎头虎脑的小淘气。于是，他马上拾起地上的马鞭玩了起来，他正在指挥一支六个人的队伍，他想象中，有六匹马拉的马车。凯瑟琳还在玩着她的花，其中的一些花已经枯萎了，其他的一些则合起花瓣睡觉了。有些花儿像动物一样也会睡觉。瞧！几个钟头前摘下的风铃草，已经合起紫色的花瓣，在把它们的生命卡断的手里睡着了。

一阵微风拂过，凯瑟琳打了个寒噤。夜慢慢降临。

"我饿了。"小吉恩说。

凯瑟琳没有面包可以给小弟弟吃，于是说："小弟弟，我们回家吧。"

他们都想念家里的白菜汤了。那个白菜汤是用吊在大烟囱底下的一个钩子上的锅煮的。凯瑟琳把花抱在怀里，手牵着小弟弟一起回家去。

太阳慢慢地落到红色的西山后面。燕子扑向这两个小孩子，它们的翅膀几乎要碰到他们，他们看起来好像一动不动。天越来越黑了。凯瑟琳和吉恩紧紧地靠在一起。

一路上，凯瑟琳一朵一朵地扔掉了花朵。在巨大的寂静里，他们可以听到蟋蟀的吱吱叫声。他们感到很害怕，很悲伤。夜晚的悲凉渗入到他们小小的心里。周围都是熟悉的环境，但是他们熟悉的东西看上去却很奇怪，神秘莫测。土地似乎突然变大了，变老了。他们现在很疲惫，开始觉得再也到不了家了。家里的妈妈正在为全家做白菜汤。吉恩的鞭子无精打采的挂着，再也没有了声响，凯瑟琳扔掉了手里的最后一朵花。她用手抓着吉恩，谁也没有说话。

最后，他们终于看到了远处家里的屋顶，还有夜色中袅袅升起的炊烟。于是，他们停止了奔跑，一起拍着小手欢呼起来。凯瑟琳亲吻了她的小弟弟。他们飞快地跑起来。当他们回到村里的时候，遇到了从田里干活回来的妇女，妇女们向他们道晚安。他们又重新开始了呼吸。他们的妈妈站在门前的台阶上，头上戴着白色的帽子，手里拿着汤勺。

“小家伙们，快过来！”她喊道。他们扑到妈妈怀里。回到屋子里，看到热气腾腾的白菜汤时，凯瑟琳又打了一个寒噤。夜幕降临大地。吉恩坐在长背椅上，他的下巴跟桌子一样高，正在喝着汤。

行　军

雷内、伯纳德、罗杰、雅克和艾蒂尼都坚信，世界上没有什么能比当一名士兵更好的事情。弗朗西妮也同意他们的看法。如果她是个男孩的话，也一定会去参军。他们之所以想法一样是因为军人会穿好看的军装，戴着肩章和金线，还佩戴着闪亮的佩刀。然而，还有另外一个原因让他们认为士兵比普通公民好，那就是士兵的生命全都奉献给了国家。世界上没有比牺牲更伟大的举动了。在所有的牺牲中，奉献自己的生命是最伟大的牺牲，因为它涵括了其他所有的一切。这也是为什么一群士兵走过的时候，群众的情绪会高涨起来。

雷内是将军。他戴着一顶军帽，骑着一匹白马。这顶帽子是用纸做成的，而椅子就是他的战马。他的军队包括一名鼓手和四名士兵，其中一个还是女孩。“枪上肩！向前看！前进！”然后行军开始了。弗朗西妮和罗杰全副武装，看上去十分威武。雅克是个忧郁的孩子，他的枪拿得不是很好，但是我们不怪他——有梦想的人比那些从来不做梦的人勇敢多了。他的小弟弟艾蒂尼是队伍里最小的萝卜头，看上去很爱思考。他很有抱负，想快速成为一名将军。而这也使他变得悲伤起来。

“前进！前进！”雷内喊出了口令，“我们进攻的目标是餐厅里的中国人。”中国人是指那些椅子。当你在玩打仗的游戏时，椅子通常扮演中国人的角色。他们倒下了，中国人还能做啥呢？当所有的椅子都被推得四脚朝天的时候，雷内宣布：“士兵们，现在我们打败了中国人，我们可以吃饭了。”这个建议得到了大家一致赞成。是的，士兵得吃饭。这次后勤部提供了最好的食品，有面包、咖啡蛋糕和巧克力蛋糕，还有红醋栗糖浆。士兵们狼吞虎咽地大吃起来，只有艾蒂尼什么也没有吃。他皱起眉头，满怀嫉妒地望着“将军”放在椅子上的那把佩刀和那顶歪帽子。他偷偷地站起来，把这两件东西抓在手里，悄悄地溜到隔壁房里去了。他一个人站在镜子前，戴上帽子，挥舞着剑。现在他是一名将军，一个没有军队的将军，只属于自己一个人的将军。他尝到了英雄的欢乐，一种模模糊糊的充满了希望的遥远的快乐。

枯树叶

秋天已至，风穿过树木，卷起地上的枯叶飞舞着。栗树剩下了光秃秃的枝条，在空中举着黑乎乎的骷髅般的手臂。现在山毛榉和鹅耳枥也在落叶，赤杨和白杨也换上了金色的服装，只有那棵庞大的橡树还保持着原先浓郁的绿叶。

早晨空气清新。一股锐利的风追逐着灰色天空中的云彩，吹得小孩子们的手指变得通红。皮埃尔、巴贝特和吉恩内特出去收集枯树叶。这些枯树叶还有生命的时候，就沾满了露水和鸟儿的歌声。现在它们枯萎的尸体撒满了一地。它们死了，但散发出的味道还很香。它们会成为山羊立美特和母牛罗塞蒂睡觉最好的垫子。皮埃尔提着一个大篮子，尽管他个子很小。巴贝特带着她的袋子，她是个相当小巧的妇人。吉恩内特走在最后，推着一个手推车。

他们跑着往山下走去。在树林的边上，他们遇到了另一个村子里的孩子们，也是来这里为过冬收集枯树叶的。这不是玩耍，而是工作。

但是，不要以为孩子们会因为工作而感到悲伤。是的，工作是很严肃的事情，但并不会令人悲伤。孩子们经常会模仿大人工作，这是孩子们的游戏，大多数时候他们会模仿自己家里大人日常工作的样子。

现在，他们在认真工作。这些男孩们不声不响地干着活儿。他们是农民的孩子，很快就会变成男人。农民的话不多。但村里的小女孩却是截然相反的情况，她们的舌头特别灵活，在向篮子和袋子里装树叶的时候，嘴就没停过。

太阳越升越高，村庄变得格外温暖。农舍的烟囱里升起缕缕轻烟。孩子知道这些信号的意思。轻烟告诉他们罐子里正煮着豆子汤。再装一把枯树叶，这些小工人们就要回家了。这些道路有些陡峭。背着麻袋或推着车子，他们很快就感觉热了，冒出了汗珠。皮埃尔、巴贝特和吉恩内特停下来喘口气。

但是一想到有豌豆汤喝，他们又鼓起勇气前行。最终，他们呼哧呼哧地回到了家。他们的妈妈正在门前的台阶上等待他们，喊道："孩子们，快过来，汤已经准备好了。"我们的小朋友们发现这实在是太美好了。再没有一碗汤比得上自己劳动所获得的汤更美味了。

苏 珊

正如你所知，卢浮宫是一个陈列着很多美丽的古老物品的博物馆，这是一种很聪明的举动，因为古老和美都是值得尊敬的东西。在卢浮宫博物馆里陈列的最令人感动的古迹就是一块大理石像残片。虽然很多地方很破旧而且出现了裂纹，但是还是可以辨识出其中有两个少女各自手里拿着一朵花。这是两个美女的形象。当希腊还年轻的时候，她们也很年轻。人们说这是最美好的年龄。雕塑家为我们留下了她们的侧面形象。她们在彼此交换神圣的莲花。在这些花儿的蓝色花萼中，世人吸入了苦难生活的遗忘剂。我们的学者们对这两位姑娘已经做了很多的研究和思考。他们翻阅了浩瀚的书籍来探索她们的身份，有又大又厚的书，有羊皮书，有牛皮书，还有许多猪皮书。但是他们却未弄清楚这两位姑娘的手里为什么拿着花。

他们花费了大量的精力和脑力，经过了多少不眠之夜都未曾发现的东西，苏珊看了一眼就知道了。

她爸爸曾经因为工作的需要，带她去过一次卢浮宫。

苏珊好奇地打量着这些古代文物，看到了一些缺少胳膊、腿和头的神像，她自言自语道："啊！对了，这些是成年绅士的玩偶。我看到过成年绅士像小女孩那样弄坏玩偶。"当她看到这两个手里拿着花的姑娘时，她给了她们一个飞吻，因为她们如此迷人。然后她爸爸问她："为什么她们要给对方一朵莲花?"苏珊立刻回答道："祝贺对方生日快乐!"思考了一下，苏珊又补充说："她们的生日一样，她们长得很像，所以她们给对方一样的花朵。女孩子们都应该是同一天过生日。"

现在苏珊离卢浮宫和这件古希腊的雕像已经很远了，她在鸟儿和花朵的王国里生活着。她会在草原上树林的庇护下度过春天明媚的时光。她会在草地上玩耍。她记得今天是她的小伙伴雅克琳的生日，她要去采摘一些鲜花送给她，并献给她一个吻。

垂 钓

早晨，吉恩和他妹妹吉妮很早就出发了。他肩上扛着一根钓竿，胳膊上挂着一个篮子。今天是假期，学校不上课。这也正是吉恩每天都跟他妹妹吉妮一起出去的原因。他每天都会扛着鱼竿拿着篮子沿着河岸走。吉恩是杜林人，他的妹妹则是杜林姑娘。这条河是杜林河，在湿润温和的天空下，清澈的河水在两排杨柳树间流淌着。早晨和夜晚，白色的雾气会笼罩在水草地上。吉恩和吉妮喜爱这条河流，既不是因为它绿色的河岸，也不是因为它清澈如明镜般的河水。他们喜欢河里的鱼儿。他们在一个合适的地方停了下来，吉妮在一个秃顶的杨柳树下坐下来，吉恩放下篮子，打开了渔具。这些都是很原始的工具，一根枝条系上鱼线，在顶头装上钩子即可。吉恩提供了鱼竿，吉妮提供了线和钩子，因此这套渔具是兄妹二人的共同财产。双方都想拥有这套渔具。这个简单的发明本来是跟鱼儿开的玩笑，后来却成为了家庭口角和互相争吵的根源。哥哥和妹妹会为了使用渔具而打架。吉恩的胳膊青一块紫一块，而吉妮的脸颊也因为哥哥打过来的耳光而变红了。最后，他们都打得累了，吉恩和吉妮达成协议，同意不用武力而是和平使用鱼竿。每次钓到一条鱼，鱼竿就换一次手，这样轮流使用。

吉恩先开始。但是他们并不知道什么时候鱼才上钩。他没有公开破坏协议，但却用了一个小诡计。为了不给妹妹鱼竿，即使鱼儿在水下吃鱼饵，拖动了浮标，他也不把鱼提上来。

吉恩诡计多端，吉妮却很有耐心。她已经等了六个小时了。但是最终她因为无事可做而感到疲倦，她打着哈欠，伸了伸懒腰，躺到树荫下闭目养神去了。吉恩偷偷看了她一眼，以为她睡着了。这时浮标动了，他立刻把渔线拉出水面，线的末尾悬挂着一个闪闪发光的东西——一条白杨鱼上钩了。

“啊！现在终于轮到我了。”一个声音在他身后响起来。

吉妮抓住了鱼竿。

伟大的代价

为了去看他们的朋友吉恩，罗杰、马歇尔、伯纳德、雅克和艾蒂尼沿着宽阔的公路行走。这条路像一条黄色的丝带一样，穿梭在田野和草地上。他们已经出发了。一行人并排走着，这是最好的方式。目前只有一个问题，那就是艾蒂尼太小了，没法跟上大部队。

他很努力地紧跟着队伍，跨着最大的步伐。他那双短腿尽量伸开，甩开胳膊，卖力前进。但是，他太小了，没有同伴走得快，所以落在后面，跟不上了。

高大的男孩们年龄也比他长，应该等他，然后根据他的速度来调整步伐。他们本该这样做，可是实际上却没有。前进！这个世界上的强者喊道，他们把弱小者甩在后面。别急，请继续读到结尾吧。突然，这四个高大强壮结实的朋友看到地上跳跃起一个什么东西。它跳起来，因为它是只青蛙，它想沿着公路去草地上。草地才是青蛙的家，它喜欢草地。在那里，溪流旁边就是他的家。它跳跃着，跳跃着。

这是一只绿色的青蛙，看上去像一片有生命的树叶。现在，孩子们到了草地上，很快他们觉察出脚在往松软的地里陷。他们站着的地方生长着草丛。又走了几步，他们的膝盖全到了泥里。草丛掩盖了下面的沼泽地。

他们挣扎着出来。鞋子、袜子和腿肚子上全变得像墨水一样黑。草地上的精灵给这四个坏孩子涂上了一层泥巴做的绑腿。

艾蒂尼气喘吁吁地赶上来了，看到这幅景象，他不知道是该高兴还是该抱歉。他小小的心灵里翻腾着一种感受——伟大强壮的人也会遇到灾难。至于那四个满身是泥的顽童，他们只能原路返回。他们怎么好意思满身是泥地去见朋友吉恩呢？当他们到家后，他们的妈妈看到他们腿上的证据就知道他们有多调皮了。而小艾蒂尼的天真可以从他那双胖胖的小脚上看出来。

一个孩子的宴会

在聚会上玩耍该是多开心啊！你可以举办一个自己喜欢的简单晚餐，或者举办一场十分精致的晚餐，随意而行。即使什么都没有，你也可以搞定，只要装作有很多东西就可以了。

泰瑞莎和她的小妹妹保林已经请了村里的皮埃尔和玛莎来参加宴会。正式的邀请函已经寄出了，要知道他们讨论这件事情已经好多天了。妈妈给了这两个小女孩一些好的建议，也推荐了好吃的食物。到时候会有奶油杏仁糖、柔软的蛋糕以及巧克力奶糕。餐桌设在一个凉亭里。

“如果天气晴朗该有多好！”泰瑞莎大声地说。她现在已经九岁了。在这个年纪，人应该知道，在这个世界上，最深的希望通常会以失望结束。人不可能按照期待行事。但是小保林并没有这些烦恼，她无法想象天气会变坏。天气肯定晴朗，她希望如此。

天啊！那个伟大的一天果然很好，阳光明媚，天气晴朗，天上万里无云。两个客人已经到了。真幸运！这也是泰瑞莎担心的另外一件事。玛莎感冒了，也许那时还没康复；小皮埃尔，每个人都知道他总会错过火车。你没法怪他，只是他运气不好，不是他的错。他妈妈也不怎么准时。不管在哪儿，小皮埃尔总是在人们后面到。在他的生命中从未看到过一件事情的开端，这使他脸上呈现出一种呆滞的听天由命的表情。

宴会开始了！女士们和先生们，请入座！泰瑞莎主持着晚会。她考虑周全，又很认真，胸腔中燃起了家庭主妇的本能。皮埃尔烤着肉，劲头十足。鼻子抵着盘子，胳膊放在头上，他在努力地为大家分着一只鸡腿。他的双脚甚至也做出了贡献。玛莎小姐很优雅地吃着菜，没有发出任何声响。她吃了自己的那份食物。

泰瑞莎一会儿去照看一下客人，一会儿照顾自己，对此她感到很满意。甚至满意度比欢乐更胜一筹。小狗吉普也过来参加宴会，吃掉那些残羹剩饭。泰瑞莎看到它啃骨头，想着：狗永远不知道成年人的宴会是如何考究和优雅，小孩子们也不知道这一些。